LE CONTRE-POINT

ET LA FUGUE

appliqués

à la Composition idéale

PAR

A. ELWART,

Professeur au Conservatoire, Ex Pensionnaire de l'Académie Royale de France à Rome et l'un des principaux Collaborateurs des Etudes Elémentaires de la Musique.

A.V.

Prix 7f 50 net

PARIS, chez M.me LEMOINE et C.ie Editeurs B.r du ROI, Rue Vivienne, 18

L et C.ie 1840.

1

EXPOSITION.

Le Contre-point et la Fugue sont tellement calomniés par des artistes peu instruits, et surtout par des amateurs ignorants, qu'il est du devoir d'un ami de cette science, qui féconde et donne seule de l'avenir aux productions musicales, d'essayer de la relever dans l'esprit des personnes prévenues, en la mettant à la portée des intelligences les plus paresseuses.

Mais jusqu'ici le contre-point et la fugue ont été envisagés, par tous les didacticiens, sous un point de vue trop scolastique, et les règles en ont été presentées avec une arridité telle, qu'il fallait avoir une bien grande force de volonté pour étudier cette science complexe d'après des méthodes trop entachées de pédantisme ou d'une sécheresse désespérante.

Ce que l'auteur de ce traité avait déja tenté de faire pour l'harmonie, il a essayé de l'imiter dans le nouvel ouvrage didactique et pratique qu'il offre aujourd'hui au public; et, il espère que ses efforts n'auront pas été sans produire quelques bons résultats. Non qu'il ait la sotte vanité de prétendre avoir dépassé ses maitres; mais, après avoir relu avec une attention scrupuleuse les traités de Fux, Marpurg, Albreshtberger, Fetis, Reicha et Cherubini, il a été pleinement convaincu que ces monumens élevés à la science spéculative de la musique, avaient besoin d'un péristyle d'un accès facile; et, il s'est mis à l'œuvre.

C'est aux compositeurs instruits à décider maintenant s'il n'a pas trop présumé de ses forces en entreprenant ce travail. Mais, quelque soit le jugement qui sera porté sur ce livre, l'auteur a la concience de ne l'avoir écrit que sous l'inspiration des doctrines fondamentales d'une Ecole dont il s'honore d'être l'un des professeurs après en avoir été longtemps l'un des élèves les plus studieux; et, c'est fort de l'éducation sévère qu'il y a reçue, qu'il essaye aujourd'hui d'éclairer à son tour de jeunes élèves autrefois ses condisiples.

Ayant appris, par une longue expérience, que les démonstrations usitées dans l'enseignement de la fugue tendent trop à isoler cette science de la composition musicale, dont elle est pourtant la rhétorique la plus complète, il a essayé de lui rendre le rang dont elle n'aurait jamais du déchoir. Ses devanciers en avaient fait une spéculation toute mathématique; lui, il a tenté d'en faire un des agents les plus puissants de la composition idéale.

Afin d'appliquer les procédés du contre-point à la réalisation des idées les plus mélodiques, l'auteur de ce traité a souvent pris pour exemples de ses différentes propositions, les airs connus de la plus populaire célébrité; mais ne voulant pas séparer l'art nouveau de l'art ancien auquel il doit d'être ce qu'il est aujourd'hui, l'auteur a toujours précédé ses exemples en style moderne, d'exemples combinés sur le grave et solennel plain-chant.

Cependant, beaucoup de règles créés lors de la seule pratique de cette monacale mélopée, ne devant être reproduites dans un traité tel que celui-ci, que comme fixant une époque antérieure, n'ont pas été recommandés avec instances aux élèves, ainsi que cela s'est pratiqué jusqu'ici dans tous les cours de contre-point, parceque, il serait ridicule de vouloir défendre certains intervalles très chantables, certaines tournures fort mélodieuses, et une multitude d'accords riches et puissants par cela seul que leur emploi *était inconnu* de Palestrina ou de l'école distinguée qu'il féconda par son puissant génie.

Que dirait on d'un moderne professeur de grammaire qui prétendrait n'enseigner à ses disciples que la syntaxe fondée par Clément Marot ou Regnier? certes, on le taxerait d'esprit retardataire, et l'on aurait grandement raison. N'est ce pas commettre la même erreur, que de prétendre assujétir de jeunes musiciens du XIXme siècle, à l'étude absolue d'un style musical curieux à connaitre comme étant l'expression d'une époque de renaissance pour l'art, mais non pas d'une utilité réelle, puisque le système tonal et l'invention de l'harmonie artificielle ont sapé sa base sans retour.

Donner les règles sévères du passé scolastique comme un renseignement historique, et indiquer celles plus gracieuses du présent mélodique, tel a été le but de celui qui écrit ces lignes, et il ne désespère pas de l'avoir atteint quelquefois.

Voici sommairement l'ordre et la division de ce traité. La PREMIÈRE PARTIE est consacrée aux contre-points simple et renversable; aux imitations simples et doubles, et aux canons de toute espèce. La SECONDE PARTIE présente les procédés de la fugue depuis deux jusqu'a huit parties destinée soit aux voix soit aux instruments: puis, différentes sections traitent de plusieurs espèces de fugues appelées de *fantaisie*, parcequ' elles séloignent de la fugue même quoi que conservant une affinité de formes avec elle.

L'ouvrage enfin, est terminé par de longues considérations sur l'unité musicale dont la fugue renferme en elles toutes les faces multiples.

Puissent les artistes acceuillir ce livre avec autant de faveur qu'ils ont déja acceuilli les Traité d'harmonie et les Etudes élémentaires de son auteur, et il sera amplement dédommagé d'avoir consacré ses loisirs à sa consciencieuse rédaction.

TRAITÉ de CONTRE-POINT et FUGUE.

PREMIÈRE PARTIE.

CHAPITRE I.er

§ I.

DU CONTRE-POINT EN GÉNÉRAL.

C'est par imitation du genre de notation musicale inventée par Guy d'Arezzo et perfectionnée plus tard par Jean de Muris, chanoine de Paris, que le nom de *contre-point* fut donné à toute espèce d'harmonie; parceque, à cette époque reculée, vers 1260, et encore longtemps après elle, les sons musicaux étaient figurés par de petits *points* qui, superposés les uns au dessus ou *contre* les autres formaient l'harmonie peu nombreuse et soumise aux lois d'un système tout différent de celui pratiqué maintenant en Europe.

De nos jours, le nom de *contre-point* serait sans signification réelle vu le nombre varié de nos figures de notes, si on ne l'avait conservé pour désigner d'une manière tranchée un genre de composition scolaire présentant beaucoup plus de difficultés que celles inhérentes à l'harmonie ordinaire. Un contre-point est donc une harmonie pure par excellence si on l'applique à une serie d'accords, et un chant contre un autre chant si on le revêt d'une forme mélodique. C'est dire assez que le contre-point prohibe toute espèce de fausses relations d'intervalles, de tours mélodiques difficiles à chanter ou d'une corelation bizarre. Le genre *diatonique* est naturellement le plus employé dans la pratique du contre-point; le *chromatique* ne s'y traite qu'avec beaucoup de précautions et l'*enharmonique* en est absolument banni.

Le contre-point pur, vers le milieu du 15.me siècle était encore la seule musique en honneur chez les maitres les plus renommés sacrés ou profanes; le peuple, cependant, chantait des airs d'origine grecque la plupart, et possédait aussi quelques mélodies nationales; mais, dans

les compositions à plusieurs parties le chant, n'était pas comme de nos
jours, accompagné par des parties intermédiaires et graves dont la réunion a pour but de lui servir en quelque sorte de piédestal. Chaque voix,
à cette époque, avait sa physionomie et sa marche particulière, et con-
courait ainsi à former un tout harmonique complet. Là mélodie, établie
dans un système de tonalité qui s'est conservé seulement à l'église dans
le plain-chant, la mélodie, par une disposition assez singulière, était
presque toujours placée à la basse. Cette circonstance, que la nécessité de faire chanter le plus grand nombre des fidèles explique suf-
fisamment, donna naissance au *contre-point simple*.

Plus tard, le besoin de nouveauté se fesant d'autant plus sentir
que les progrès dans l'exécution devenaient plus sensibles, on essaya
de placer la mélodie ailleurs que dans les régions basses de l'harmonie; mais, comme les maîtres en permutant les parties devaient
nécessairement conserver l'antique plain-chant, ils combinèrent les
rapports d'intervalles harmoniques de telle sorte que, sans autre changement que celui du diapason naturel à chaque voix différente, le
soprano, pût par exemple, vocaliser soit la partie de basse ou de telle
autre voix, tandis que la basse ou toute autre partie, reproduisait,
dans sa région vocale la mélodie-harmonique attribuée précédemment au soprano.

C'est par ce changement de position des parties que le *contre-
point-double* ou *renversable* fut créé.

Avant d'exposer aux lecteurs les règles particulières de ces deux
sortes de contre-points nous leurs ferons observer que, de nos jours,
leur emploi dans la pratique, a un but tout autre qu'aux 15, 16, et 17^e
siècles.

Aujourd'hui, la mélodie svelte, nombreuse, pleine de mouvement et
empreinte d'une expression tour à tour spirituelle ou passionée a rem-
placé, du moins hors l'église, le grave et monacal plain-chant, et si,
dans la composition libre ou idéale on emploie les procédés des différents contre-points c'est toujours pour s'adresser au cœur en lui parlant un langage mélodieux, tandis qu'autrefois, les maîtres ne voyaient
dans le contre-point qu'un titre à l'admiration froide d'un petit nombre d'adeptes. Ajoutons que la pratique habituelle du contre-point ancien amène plus facilement à celle de la *fugue* qui n'est elle-même que
le symbole de l'unité musicale poussée jusque dans ses dernières conséquences.

66.

8

L'étude, enfin, de cette science complexe en donnant un style très clair et une logique puissante aux compositeurs encore novices, les initiera dans l'art si difficile et si méconnu aujourd'hui, d'écrire purement pour les voix, et de se servir sans gêne, sans confusion et sans apparence de travail aride , des masses vocales et par suite des masses instrumentales qui, lorsque l'on sait faire mouvoir les premières ne présentent plus aucune difficulté sérieuse.

Le contre-point *simple*, celui dont nous allons d'abord nous occuper, se divise en six espèces, et peut s'écrire depuis deux jusqu'à huit voix ou parties inclusivement.

Pour écrire un contre-point simple n'importe à quel nombre de parties, on choisit soit un plain-chant, soit un motif créé par soi ou un air connu: cette phrase, quelque soit son origine, peut se placer n'importe à quelle partie de l'harmonie, et c'est d'après la série de modulations simples ou composées qu'elle parcourt que l'on établit les parties intermédiaires supérieures ou basses, suivant la place qu'on lui a assignée.

Le contre-point double ou renversable auquel nous consacrerons le second chapitre de cette première partie, ne se divise pas en espèces différentes comme le précédent; une seule espèce leur est commune à tous deux: c'est la sixième, comme on le verra plus loin.

La partie vocale ou instrumentale sur ou sous laquelle on ajoute une ou plusieurs parties, prend le nom de *plain-chant* ou de motif suivant la nature particulière de sa forme mélodique; et la partie ou les parties qui concourent à former le *contre-point* se désignent sous le nom lui-même de cette sorte de composition.

Afin d'exercer nos lecteurs aux deux manières de procéder soit par le plain-chant, soit par un motif moderne, les exemples de contre-point simple que nous allons offrir seront doubles; c'est-à-dire que, pour la première démonstration, nous établirons le contre-point sur le plain-chant, et que, pour la seconde, ce sera sur un motif connu le plus populaire qu'il nous a été possible de choisir, que la même démonstration sera reproduite. Cette méthode nouvelle aura l'avantage d'initier les élèves à la pratique du style sévère tout en donnant plus d'intérêt aux débuts d'un genre de spéculation musicale très aride de sa nature, et présentée jusqu'ici, par tous les didacticiens, sous un jour beaucoup trop sombre pour ne pas dégouter les lecteurs les plus intrépides, dès les premiers instants qu'ils s'y sont livrés sérieusement.

§ II.

DU CONTRE-POINT SIMPLE A DEUX PARTIES.

Nomenclature des espèces ___ Règles à suivre dans la pratique.
Exemples où les différentes espèces sont présentées
dans leur ordre progressif.

Le contre-point simple à deux parties s'écrit ordinairement pour deux voix ou deux instrumens d'un diapason différent. Le but de ce traité étant de former les élèves à l'art d'écrire élégamment pour les voix, nos exemples seront toujours applicables aux systèmes vocal de préférence à tout autre.

Toute espèce de contre-point simple, n'importe de quel nombre de parties il soit formé, peut être traité de six manières différentes divisées en autant d'espèces.

En voici le tableau:

1.re *Espèce:* note contre note. Soit deux rondes.

2.e _______ deux notes contre une. Soit deux blanches et une ronde.

3.e _______ deux notes syncopées contre une. Soit 2 blanches et 1 ronde.

4.e _______ quatre note contre une. Soit quatre noires et une ronde.

5.e _______ réunion des quatre espèces tandis qu'une voix soutient une note de la plus grande valeur, telle que la ronde, par exemple.

6.e _______ emploi des cinq espèces précitées auxquelles on ajoute des croches et de petites suspensions passagères, ce qui, rendant ce contre-point plus mélodieux, lui a fait donner le nom significatif de *contre-point fleuri*.

Lorsque l'on applique l'une ou l'autre de ces six espèces sur un air connu ou un motif original, on n'est pas nécessairement astreint à prendre, pour la première espèce par exemple, l'unité de la ronde pour modèle; il suffit dans ce cas, comme dans tous les autres, que le contre point ajouté ait une égale valeur de note avec le chant sur lequel il a été établi.

Le plain-chant, ainsi que cela a été dit dans la 1.re section, peut être placé soit à l'aigu, au medium ou au grave de l'harmonie; cette faculté qui, dans le contre-point simple peut être restreinte soit à ne placer le plain-chant qu'au soprano ou à la basse, suivant le caprice du compositeur, devient obligatoire lorsqu'on écrit du contre-point renversable; c'est à dire, que, le renversement dans ce genre plus difficile, est d'une absolue nécessité, tandis que dans le premier, s'il y a déplacement facultatif du plain-chant, les parties intermédiaires ne doivent pas être combinées de telle sorte quelles puissent le subir forcement.

Voici quelles sont les règles à suivre pour parvenir à purement écrire l'un et l'autre contre-points.

1º. Eviter, comme en harmonie ordinaire les quintes et octaves de suite *réelles* ou *cachées*, et ne pratiquer aucune dissonnance qu'en ne la considérant que comme une suspension passagère.[1]

2º. Ne pas faire de suite deux tierces ou deux sixtes majeures ou mineures, afin de ne pas produire une sonorité monotone.

3º. Eviter de faire parcourir au contre-point une étendue qui ferait sortir la voix de ses limites naturelles.

4º. S'abstenir de tenir une même note plus de deux mesures dans une partie intermédiaire, et ne faire aucune tenue de ce genre à la première et surtout à la dernière voix (la basse); cette prolongation de la même note jettant du froid dans le produit harmonique qui en résulte.

5º. Ne pas répeter la même forme mélodique deux mesures de suite à la même partie, afin de donner une variété constante au contre-point.

6º. S'abstenir, comme cela a été déjà indiqué plus haut, de toute fausse relation entre les intervalles non seulement d'un contre-point affecté à une voix, mais aussi entre tous ceux des autres voix formant le complément harmonique.

7º. Commencer et finir par l'octave du plain-chant lorsque c'est sur cette mélopée grave que l'on a procréé un contre-point.

8º Eviter toute espèce d'intervalles difficiles à chanter tels que ceux de 2de augmentée, de 3^{ce} diminuée, de 4te et 5te augmentées ou diminuées, de sixtes de mêmes qualités de 7me nimporte de quel genre, et d'octave augmentée ou diminuée.

---

(1) Le contre-point fait sur le plain chant n'admet que les accords parfaits et leur premier renversement (celui de sixte); toute autre espèce d'accords dissonnants tels que ceux de 5te diminuées et augmentées de 7me mineure, « majeure ou diminué, de sixte augmentée et de 9me des deux modes, n'y sont pas admis. Le contre-point en style moderne autorise leur emploi judicieux.

Il est presque inutile d'observer que les voix ne doivent jamais dépasser le saut d'octave supérieure ou inférieure; et que, tout ce qui vient d'être dit relativement à la difficulté d'intonnation, n'est pas appliquable au contre-point exécuté par des instruments, parceque, sur ces derniers aucun des intervalles prohibés dans la règle 8.ᵉ n'est impraticable, puisque les doigts ont une facilité matérielle d'execution que le larynx humain ne possède pas.

CONTRE-POINT SIMPLE 1.ᵉʳᵉ *Espèce* ___ note contre note.

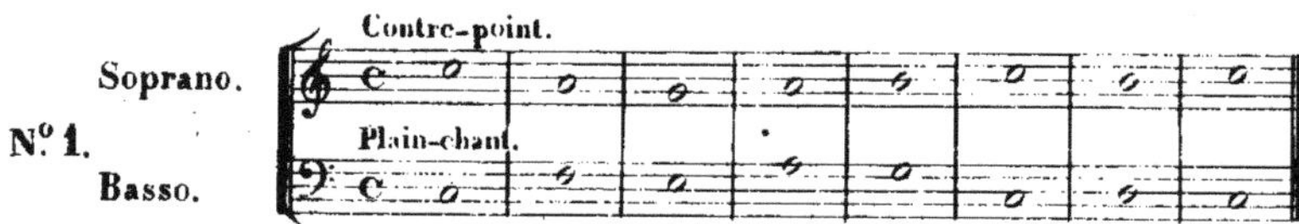

2.ᵉ *Espèce* ___ deux notes contre une.

(Nota) Les notes marquées d'une ★ sont passagères dans l'harmonie.

Air connu (Ah vous dirai-je maman)

N.º 2 bis.

Contre-point

On remarquera dans le N.º 2 que le contre-point n'entre que sur le temps faible de la mesure tandis que le plain-chant débute sur le temps fort. Il est plus à effet et plus élégant de procéder ainsi; et ce précepte sera suivi dans les exemples donnés ultérieurement sur les autres espèces. Nous observerons aussi que, dans le N.º 2 bis, l'air

---

(1) Qu'on ne nous accuse pas de puérilité à cause du choix de ce motif populaire et de plusieurs autres qui seront produits plus loin: nous avons déjà dit que nous n'agissions ainsi que pour rendre plus compréhensibles nos démonstrations, à la généralité des lecteurs.

connu représente le *plain-chant* dans un sens inverse; c'est à dire que le contre-point ajouté procède par notes longues tandis que le motif populaire procède lui, par notes d'une valeur la moitié moindre. Deplus, afin de ne pas interrompre la combinaison de *deux notes contre une* on à dû mettre deux noires à la 4.e mesure du contre-point parceque la mesure correspondante du motif supérieur fait une tenue de blanche.

3.e *Espèce* — deux notes syncopées contre une.

4.e *Espèce* — quatre notes contre une.

5.e *Espèce* — réunion des quatre espèces précédentes contre une note de la plus longue valeur.

L. e

6.ᵉ *Espèce* —— Fleuri.

Nous engageons fortement nos lecteurs à faire beaucoup de contre-point simple sur le plain-chant et sur des airs connus ou des motifs originaux; ce travail intéressant leur divulguera en peu de temps, les secrets du style complexe de ce genre. Nous leur adressons d'avance la même recommandation à l'égard des contre-points à plus de deux parties; et nous observerons en terminant cette section que, dans l'emploi du contre-point en musique libre, on n'est pas astreint à le construire sur une mélopée procédant comme le plain-chant par notes de longue et égale valeur.

Cette uniformité n'est présentée ici, qu'afin de rompre les élèves au style scolaire; car dans la pratique, on peut imaginer un contre-point en note de différentes valeurs sur un motif également varié.

§ III.

DU CONTRE-POINT SIMPLE A TROIS PARTIES.

Comme le précédent, ce contre-point est de six espèces; seulement, l'adjonction d'une troisième partie en complétant presque l'harmonie permet de placer le plain-chant, ou le motif connu ou original, dans trois diapasons différents; faculté qui augmente d'autant plus l'interêt du travail harmonique.

Les notes *essentielles* aux accords, c'est à dire celles qui déterminent ou précisent leur qualité doivent être employées de préférence à toute autre dans le contre-point à trois parties; ainsi, si l'on pratique un accord consonnant tel que l'accord parfait par exemple, on n'oubliera pas d'adjoindre la tierce à la tonique afin de préciser le mode. Si c'est en contre-point moderne ou libre que l'on écrit à trois parties, on pourra, comme cela a été dit dans une note de la page 10, employer tous les accords du système; mais dans ce cas, on choisira avec soin les notes constitutives des accords dissonnants, en omettant d'employer celles qui, en quelque sorte ne sont que de remplissage.

Voici, a ce sujet un tableau de tous les accords du système moderne avec les notes *constitutives* et de *remplissage* qui les forment. Les premières sont indiquées en noires, les secondes en rondes.

(1) En contre-point rigoureux, ni la 4te (intervalle harmonique), ni l'accord de 6te et 4te ne sont pratiqués que comme notes de passage dans le premier cas; ou comme retard dans le second.

1.ᵉʳᵉ *Espèce* ——— note contre note.

2.ᶜ *Espèce* ——— deux notes contre une.

(*Nota*) On n'est pas astreint à faire marcher deux contre-points semblablement; pourtant lorsque, comme dans l'exemple précédent, le plain-chant s'y prête, cette disposition est d'un bon effet.

(1) On s'est attaché, autant qu'on le pu à la reproduction des contre-points, plain-chants, airs connus employés déjà dans tous les exemples de la section deuxième. Cette méthode aura pour but de donner plus d'unité aux démonstrations nouvelles en les liant avec les précédentes.

(2) Même remarque. ——— (3) Idem.

3.e *Espèce* —— Syncopes.

(¹) *Nota* La syncope harmonique-double étant impraticable dans ce cas, on
a dû suivre le rythme du plain-chant inférieur .

4.e *Espèce* —— quatre notes contre une.

(²) *Nota* On a dû faire marcher en sixtes et par des notes d'égale valeur,
le contr'alto et le soprano, parceque, une tenue de blanche pointée n'aurait pu
se faire dans ce cas, qu'en doublant la basse à l'octave, ce qui eut été d'un pauvre effet.

5.e *Espèce* — Réunion des quatre espèces précédentes.

N.° 5.

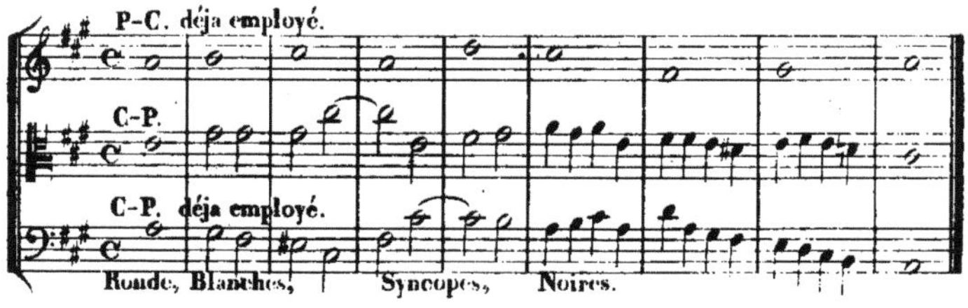

N.° 5 bis

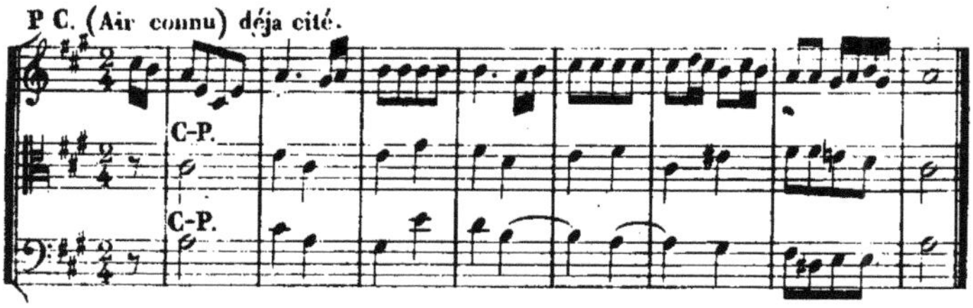

6.e *Espèce* — Fleuri.

N.° 6.

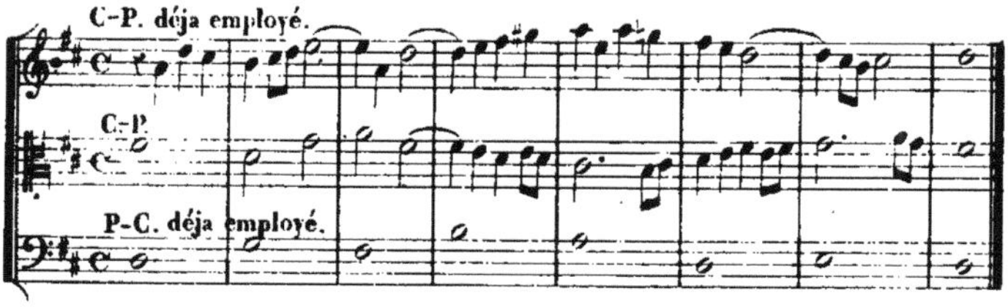

N.° 6 bis

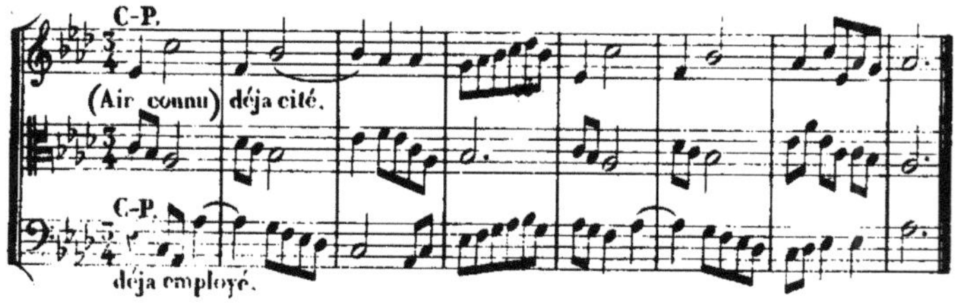

§ IV.

DU CONTRE-POINT SIMPLE A QUATRE PARTIES.

Ce contre-point, outre la faculté qu'il offre comme les deux précédents, de se diviser en six espèces, présente de plus, un riche complément harmonique; car, par lui, on peut employer dans le style libre tous les accords du système moderne.

Afin de donner plus de sonoreité à l'harmonie on doit avoir soin, en écrivant le contre-point simple à quatre parties, de placer autant que possible les accords à leur seconde position (¹) à cause de l'effet harmonieux qui résulte de cette disposition. Cependant, lorsqu'il s'agira d'éviter des quintes ou des octaves réelles ou cachées, de suite, on pourra doubler à l'octave ou à l'unisson deux notes semblables entre les parties hautes, ou entre l'une de celles-ci et la basse.

De plus, on devra faire descendre la note sensible sur la quinte de l'accord résolutif, si cette même sensible n'est pas affectée a la partie la plus aigue. Cette résolution exceptionnelle, a pour but le complément de l'accord qui la suit dans l'ordre naturel de la modulation.

1.ʳᵉ *Espece* ___ Note contre note.

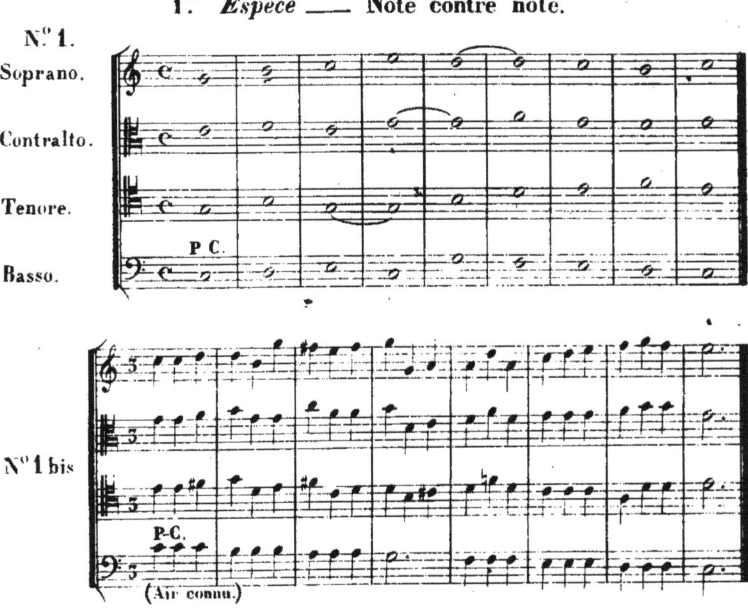

(¹) Il n'est pas inutile de rappeler ici, que les accords de trois sons ont trois positions; que ceux de quatre sons en ont quatre, et qu'enfin ceux de cinq sons en ont cinq.

C'est le son placé à la partie la plus élevée qui détermine relativement à la plus basse, la position d'un accord quelconque. Ainsi, l'accord parfait par exemple, est à la première position lorsque le soprano fait l'octave de la basse; à la 2ᵈᵉ lorsqu'il fait la 3ᶜᵉ et à la 3ᵐᵉ lorsqu'il fait la 5ᵗᵉ

2.de *Espèce* _____ Deux notes contre une.

Nota Les notes marquées d'une ∗, sont passagères dans l'harmonie.

3.me *Espèce* _____ Syncopes.

(*Nota*) A quatre voix, on peut faire entrer la 1re partie par la quinte, parceque la 3^{ce} de l'accord entendue dans une voix intermédiaire, atténue l'effet peu harmonieux du 5me dégré.

(1, 2.) On a été obligé de faire les deux premières parties (le soprano et l'alto) en notes é-
gales avec la basse, à cause du changement d'accord nécessité par les deux notes *ut re* de
cette dernière voix.

(3) Il y a de l'élégance à donner un rythme semblable à deux parties, tandis que les deux
autres en font simultanément un autre tout différent.

4.e *Espèce* ——— Quatre notes contre une.

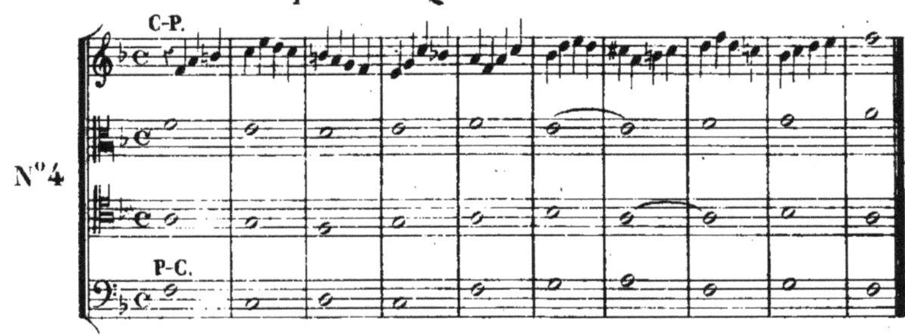

5.e *Espèce* ——— Réunion des quatre espèces précédentes.

§ V.

DU CONTRE-POINT SIMPLE À 5, 6, 7, ET 8 PARTIES

En général, le contre-point simple à plus de quatre voix est fort peu usité. Il ne présente d'autres difficultés au compositeur que celles d'éviter le redoublement des intervalles à l'unisson, et surtout les quintes et octaves de suite cachées. Nous nous contenterons donc de ne donner ici qu'un exemple particulier de chacun de ces quatre

nouveaux contre-points auxquels, en pratique, on donne le plus ordinairement la forme *fleurie* à une ou deux parties, pendant que les
autres marchent note contre note. Afin de produire plus d'effet,
on ne fait entrer quelques unes des parties indermédiaires qu'après un
silence plus ou moins long, suivant l'étendue du contre-point.

EXEMPLE D'UN CONTRE-POINT SIMPLE À CINQ PARTIES ET FLEURI.

EXEMPLE D'UN CONTRE-POINT SIMPLE FLEURI, A SIX PARTIES.

Exemple d'un contre-point simple fleuri dans toutes les parties, et à 7 voix.

Soprano 1°.
Soprano 2°.
Contralto.
Tenore 1°.
Tenore 2°.
Basso 1.mo
Basso 2.do

EXEMPLE D'UN CONTRE POINT FLEURI A 8 VOIX.

CHAPITE II.

DU CONTRE-POINT DOUBLE OU RENVERSABLE.

§ I.

APERÇU GÉNÉRAL.

Ce contre-point, qui d'ordinaire, ne s'écrit pas à plus de quatre parties, présente le phénomène de l'audition simultanée de deux motifs d'un
caractère et d'une forme différentes quoique ayant entre-eux des rapports nécessaires de tonalité et de modulations. On pourrait lui assigner les six espèces communes au contre-point simple; mais le
but de son emploi si utile dans la composition idéale, le fait généralement écrire dans le style fleuri, qui, comme on le sait, forme
la sixième espèce du contre-point, objet du chapitre 1.er de ce Traité.

Il y a en outre trois sortes de contre points doubles:
1.º Le contre-point renversable à l'*Octave*
2.º Id.   à la *Dixième*
3.º Id.   à la *Douzième*

Vouloir renverser le contre-point à d'autres intervalles que ceux
indiqués plus haut, c'est se créer des difficultés inutiles à la perfection
de style dont l'étude du contre-point est le puissant moyen: ajoutons
même, que le contre-point double et renversable à l'octave est, celui
des trois précités dont l'emploi est le plus ordinaire, parce que par lui,
comme on le verra bientôt, la mélodie n'est que transposée d'une octave inférieure ou supérieure suivant le cas; tandis que par l'effet naturel aux deux autres contre-points, elle se trouve transposée soit d'une
dixième ou d'une tierce, soit d'une douzième ou d'une quinte; ce qui, en
lui donnant un caractère souvent étrange, produit l'audition simultanée de deux tonalités absolument différentes.

§ II.

DU CONTRE-POINT DOUBLE, RENVERSABLE À L'OCTAVE.

On produit le renversement à l'octave en mettant à la partie
grave la mélodie écrite primitivement à la partie aigue Cette

opération, qui a pour but de placer la basse dans une partie hau_te, et celle-ci dans un diapason inférieur, exige que l'on prenne plusieurs précautions afin que le renversement ne présente qu'une-série d'accords et d'intervalles consonnants entre-eux.

Afin de se rendre compte du renversement qu'éprouve chaque intervalle formant une octave, on place paralèlement les deux lignes suivantes:

	Tonique.	2^{de}	3^{ce}	4te	5te	6te	7^{e}	Octave.
État direct.	1er dégré,	2me	3me	4me	5me	6me	7me	8me dégré.
Renversement à l'octave.	8me degré,	7me	6me	5me	4me	3me	2me	1er dégré.

La 2de qui devient 7me la 5te qui devient 4te et la 7me changée en seconde, ne seront donc pas employées dans ce contre-point comme intervalles harmoniques, mais seulement comme *notes de passage*; c'est-à-dire: passant sur ou entre les accords, mais ne fesant pas partie intégrante de l'harmonie

De plus, on s'imposera l'obligation de ne pas dépasser, surtout inférieurement, le cercle qu'une voix peut naturellement parcourir; parceque, l'éxecution deviendrait souvent impossible lors du renversement [1].

Tout ce qui a été dit à l'égard des intervalles difficiles à vocaliser, ou des sauts mélodiques bizarres, ainsi que la défense d'écrire de suite des quintes et des octaves réelles ou cachées, étant applicable aux différents contre-points doubles destinés surtout à être chantés, nous ne reviendrons plus sur ces principes que l'on doit suivre même lorsqu'on fait de l'harmonie simple.

Le contre-point double à l'octave s'établit soit sur un plain-chant, Ex: 1. soit sur un motif original ou connu. Ex: 2.

EXEMPLE. 1. *Contre-point double à l'octave sur le plain-chant.*

Soprano

P. C.

Basse

[1] Le contre-point renversable employé lorsque l'on écrit pour des instruments à vent ou à cordes d'une grande étendue, n'est pas soumis à cette règle.

EXEMPLE. I BIS. *Renversement à l'octave.*

le plain-chant placé au soprano et le contre-point à la basse

Si, en écrivant le contre-point, on a eu le soin de ne mettre de suite ni deux 3.ces ni deux 6.tes on pourra ajouter deux parties en tierces supérieures ou en sixtes inférieures avec celles du contre-point et du plain-chant, ou du motif original ou connu.

EXEMPLE.

Voici le même exemple avec des sixtes inférieures ajoutées seulement au contre-point, tandis que le plain-chant a conservé sa suite de tierces ajoutées: le diapason de la voix de basse ne permettant pas d'ajouter une suite de sixtes inférieures commençant au contre-MI grave. Exemple.

Cette facilité de pouvoir ajouter des tierces supérieures ou des sixtes inférieures au contre-point et au plain-chant, peut, lorsque ces deux derniers présentent un véritable intérêt mélodique produire un effet très heureux.

EXEMPLE. 2. *Contre-point double à l'octave.*

sur un air connu (*Ma normandie*)

Renversement de l'Exemple 2.

On ne pourrait ajouter une suite de tierces ou de sixtes au contre-point précédent, parce que dans ce cas, il y aurait des suites d'octaves produites cela tient comme on l'a fait observer précédemment à l'emploi successif de la tierce entre le contre-point et le chant donné.

Voici un autre air connu traité en contre-point double à l'octave et combiné de manière à supporter la suite double de tierces ou de sixtes.

État direct.

Renversement.

Suite de tierces ajoutées. (état direct.)

La suite de sixtes ajoutées inférieurement n'étant que la reproduction à l'octave basse de la suite de tierces, nous n'avons pas jugé
à propos d'en donner un nouvel exemple ici. Mais, nous devons observer que la partie la plus grave ou la basse, ne peut jamais faire entendre la suite de tierces ou de sixtes ajoutées au contre-point é-
crit primitivement à l'aigu, parce que cette transposition produirait
des quartes de suite; faute que l'harmonie la plus libre repousse.

EXEMPLE. dans lequel la suite de tierces ajoutées au contre-point
précédent a été placé à la basse; ce qui est vicieux.

On remarquera aussi en passant, que le compositeur, a la facilité
de placer indifféremment à l'une ou l'autre partie supérieure, soit le
motif ou ses tierces ajoutées, soit le contre-point.

En composition idéale, on tire un plus grand parti de ce procédé au moyen de modulations dans lesquelles on fait passer le motif,
son   contre-point, les suites de tierces ou de sixtes ajoutées auxquelles on donne aussi le nom de *parties libres.* Dans ce cas, et afin de
donner plus d'intérêt à la composition, on ne fait pas entrer toutes
les parties à la fois, et l'on précède l'entrée du motif, d'un petit
conduit (ou passage) mélodique et harmonique, chaque fois qu'il se
produit dans un ton nouveau. À la fin du morceau et lorsque le motif rentre dans le ton principal on reunit alors et le contre-point et le motif
(ou sujet) en leur adjoignant la suite double de tierces ou de sixtes.

50

EXEMPLE. dans lequel le motif précédent est traité d'après le plan indiqué ci-contre.

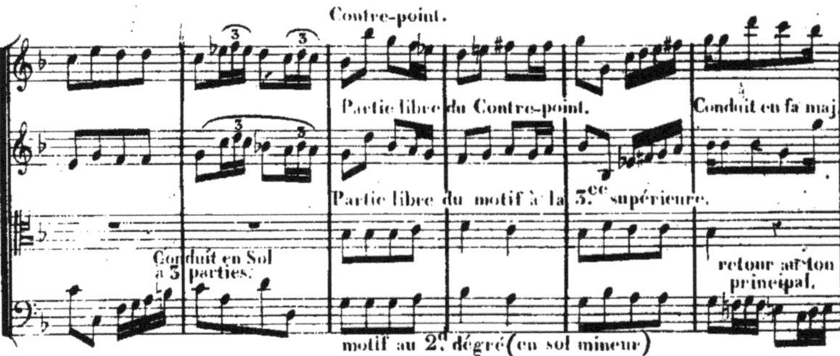

(¹) Le retour du motif et de sa suite de tierces brodée de même, donne un effet nouveau à la mélodie. C'est ainsi que Haydn, Mozart et Beethoven ont agi dans leurs délicieuses et sublimes compositions. Nous ne pouvions mieux faire que de nous inspirer des beaux modèles non seulement de pensées mais aussi de formes qu'ils ont livrés à l'admiration des compositeurs.

On peut, lorsqu'un chant s'y prête, ajouter non seulement un second contre-point sur celui déja établi mais même en placer un troisième. Dans le premier cas, il faut avoir soins que les **deux contre-points** aient une **physionomie bien tranchée** non seulement entre-eux, mais aussi avec celle **du sujet ou motif choisi. Dans le 2^d cas, il est permis de reproduire la forme d'un des deux autres contre-points à cause de la difficulté que présente l'emploi triple de ce genre de composition.**

EXEMPLE DE DEUX CONTRE-POINTS SUR UN SUJET DONNÉ.

EXEMPLE DE TROIS CONTRE-POINTS SUR LE SUJET DONNÉ.

Avec deux ou trois contre-points on peut aussi bien qu'avec un seul opérer le renversement à l'octave, et placer les uns et les autres à toutes les parties; seulement, la suite de tierces ou de sixtes ajoutées est rarement applicable, parce que les conbinaisons de ces contre-points triples et quadruples s'y opposent presque dans tous les cas.

Dans l'École, on donne improprement le nom de contre-point *triple* et *quadruple* au contre-point renversé à deux voix lorsqu'on ajoute soit une ou deux parties libres(ou suite de tierces ou de sixtes).Cette dénomination, est fausse, et ne doit être appliquée qu'aux compositions écrites avec deux ou trois contre-points *différents* sur un chant donné.

Après avoir exposé le plus clairement possible, la marche et les ressources en quelque sorte naturelles du contre-point renversable à l'octave, il ne nous reste plus qu'à faire remarquer à nos lecteurs, de quel secours moral un contre-point peut être dans les compositions dramatiques, lorsque la situation scénique et musicale exige le retour d'un motif déja entendu précédemment, et servant en quelque sorte la seconde fois, d'épigraphe à la mélodie nouvelle chantée par un personnage du drame lyrique.

Si par exemple, dans un drame reproduisant des scènes du temps de la ligue un personnage fait l'éloge du bon Henri, son roi et son général, n'y aura-t-il pas infiniment d'apropos à placer sous le chant créé l'air populaire *vive henri quatre?* et si, la mélodie nouvelle ou plutôt le contre-point est renversable, l'air national sur lequel on l'aura construit ne gagnera-t-il pas encore d'avantage à être promené dans les régions basses et hautes de l'orchestre?

Eh bien! qu'une situation identique à celle que nous venons de décrire se présente au compositeur non instruit, que fera-t-il? il la rendra mal ou la laissera passer inaperçue; faute à lui de ne posséder l'un des secrets les plus vulgaires de la sciences du contre-point.

A moins que l'air connu dont on se sert en guise de plain-chant ne soit très populaire, on ne doit employer le moyen que nous proposons. Pourtant, lorsque dans un opéra on a pu poser un motif bien saillant avec le plus d'avantage possible, et surtout vers les premières scènes, le retour de ce motif à une distance éloignée, pourra produire beaucoup d'effet traité en contre-point double; surtout si la situation en réclame la reproduction.

Voici comment on procède dans ce cas, pour rendre plus sensible l'entrée du motif qu'on veut faire ainsi valoir. On combine naturellement son *contre-motif* (ou contre-point,) d'abord sur le chant connu ou procrée, et après avoir fait ce travail, on produit seul dans le ton de la tonique ou de la dominante du morceau, le contre-point; puis modulant à l'une ou à l'autre tonique ou dominante, on fait alors entendre réunis et le contre-motif et le motif lui même. Il est rare qu'un semblable travail ne soit très remarqué des connaisseurs et applaudi même des auditeurs les plus vulgaires, sensibles plus qu'on ne les croit généralement aux combinaisons de la science, lorsqu'elles sont cachées sous les fleurs d'une fraîche et suave mélodie.

L.

L' auteur de ce traité, dans la scène lyrique qui lui mérita le grand prix de composition en 1834 à l'Institut de France, eut l'occasion de mettre en pratique les préceptes qu'il donne ici; et, s'il prend la liberté de citer le fragment d'un ouvrage de lui, c'est plutôt faute de trouver un modèle analogue dans les partitions lyriques des grands maîtres, que mû par le désir orgueilleux de se faire remarquer à leur égal en se donnant en exemple à ses lecteurs

Dans la scène lyrique en question, intitulée *l'Entrée en loge*, le personnage est un jeune compositeur concourant pour le grand prix de Rome, qui dans le premier air, s'écrie, en parlant du célèbre Hérold lauréat de 1812:

> Dussè-je comme Hérold voir tomber ma couronne,
> Et sentir du trépas le souffle meurtrier!...

Le nom d'Hérold heureusement jeté dans la poèsie, et surtout sa mort récente qui produisit une sensation aussi douloureuse que générale, déterminèrent celui qui écrit ces lignes, à rappeler l'air du maître célèbre:*Rendez moi ma patrie*; et ce motif touchant, exécuté par un instrument à vent, tandis que l'orchestre répétait un motif nouveau, déjà entendu, fut généralement gouté.

Voici le passage dont il est ici question.

Le Sueur, dans sa magnifique messe de Noël a tiré un parti admirable du contre-point à l'octave, et voici à quelle occasion. Désirant
reproduire vers la péroraison de la plupart des morceaux qui forment cette messe, un des airs connus sous le nom de *noëls* et chantés dans les églises du monde entier à l'époque de la Nativité, Le-
Sueur, établit d'abord un motif original développé d'après toutes les
règles de l'art, et avec le faire élevé qui caractérise ses autres productions, puis, il jeta dans l'orchestre le *noël* connu, en le fesant
entrer avec la répercussion du thême de début. Voici un fragment
du **Gratias** de cette messe, traité d'après le système que nous
venons d'exposer.

Le Sueur, Messe de Noël. N.º 4 à la 97.ᵉ mesure.

Au théâtre, le même maître s'est souvent servi de ce moyen; mais alors, avec des motifs originaux entendus l'un après l'autre dans le courant de l'opéra, et réunis vers la fin, comme une espèce d'apothéose musicale. (Lire les *Bardes et la mort d'Adam*) M.ʳ Meyerber, dans ses <u>Huguenots</u>, outre qu'il a tiré un parti prodigieux du *Choral de Luther*, a aussi, dans le final du 4.ᵉ acte de ce savant ouvrage, présenté la réunion extraordinaire de différents motifs épars d'abord, et dont l'audition simultanée produit un effet grandiose et digne de la plume qui a écrit le trio du 5.ᵉ acte de Robert. L'espace nous manque pour citer musicalement tous ces morceaux, mais nous engageons nos lecteurs à en lire la partition.

§ III
DU CONTRE-POINT DOUBLE, RENVERSABLE À LA DIXIÈME.

Pour obtenir le renversement du *contre point* à la dixième, il faut n'employer à l'état *direct* que les intervalles qui renversés soient à l'état de consonnance. On dresse à cette fin la table de chiffres que voici

État direct   1, 2, 3, 4, 5, 6, 7, 8, 9, 10.
Renversement 10, 9, 8, 7, 6, 5, 4, 3, 2, 1.

La 2.de la 4.te la 7.me et la 9.me qui renversées à la dixième deviennent 9.me 7.me 4.te 2.de ne pourront donc être employées que comme notes de passage dans ce contre-point. De plus, on évitera de faire de suite ni *deux tierces*, parce que, au renversement elles produiraient *deux octaves*, ni deux 6.tes dont le produit serait une suite de *quintes* fort dures à entendre.

Ce contre-point présente, comme cela a été déjà indiqué dans la 1.ère section de ce chapitre, le phénomène de l'audition simultanée du mode majeur et de son mineur relatif, si on écrit le contre-point lui même dans le premier de ces deux modes.

La dixième étant le redoublement à l'octave de la tierce inférieure d'un son donné, il suffit de renverser à la tierce inférieure le contre-point; quitte ensuite à le transposer d'un octave au-dessous du plain-chant ou du motif original ou connu sur lequel on l'avait déjà établi.

EXEMPLE d'un contre-point fleuri([1]) renversé à la 10.^{e}

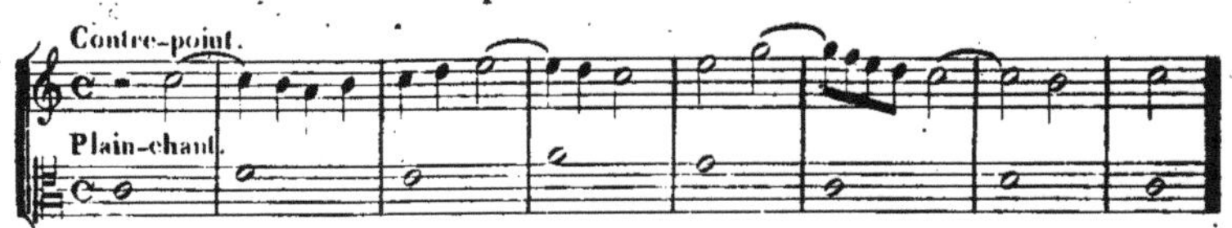

Renversement à la 10.^{e}

([1]) C'est plutôt dans le style fleuri qu'en toute autre des six espèces que l'on traite le contre point à la 10.^{e}

L.

Lorsque le renversement à la 10.me ne présente aucune faute répréhensible on peut renverser le plain-chant ou le motif original au même dégré; alors le contre-point à la 10.me se change en contre-point à l'octave.

EXEMPLE PRÉCÉDENT dont le plain-chant a été renversé à la 10.^e

C.P. primitif
à la 10.^e

P.C. primitif
egalem.^{nt} renversé

(*Nota*) Ce contre-point à l'octave ne pourrait pas être renversé à son tour à cause de l'emploi de la quinte sur sa tonique inférieure.

Si on a pris le soin d'éviter de placer la quinte supérieure et non préparée, à toute note du plain-chant, on peut, comme dans le contre-point à l'8.^{ve} ajouter une ou deux suite de tierces supérieures au contre-point et au plain-chant.

EXEMPLE.

(*Nota*) La quinte *préparée* est *permise*; c'est pour cette raison qu'on l'a employée ainsi, aux 3.e et 4.e mesures de l'exemple précédent.

Au renversement la suite de 3.^{ces} ajoutées peut également se placer dans la partie supérieure pour le contre-point renversé; mais alors celle qui reproduit le plain-chant ne peut avoir qu'une suite de 3.^{ces} inférieures ajoutées.

(¹) La quarte *préparée* (à la 4.me mesure du contre-point) peut se pratiquer.

Lorsque primitivement, on place le contre-point à la partie la plus grave, le renversement ne s'opère pas supérieurement à la 10.ᵉ inférieure mais bien à la sixte supérieure.

EXEMPLE.

Renversement

On peut ajouter une suite de tierces supérieures aux deux parties renversées ou non, ou une suite de sixtes inférieures, mais à la partie supérieure seulement.

3.ᶜᵉˢ ou 6.ᵗᵉˢ ajoutées. et at direct 3.ᶜᵉˢ ou 6.ᵗᵉˢ ajoutées.(¹)

Si le *plain-chant* ou le *chant donné* est placé à la partie haute, ce n'est plus le contre-point placé inférieurement qu'il faut renverser, mais bien le plain-chant.

EXEMPLE.

État direct.

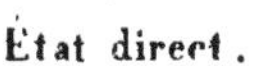 

Renversement.

(¹) On ne doit pas exécuter simultanément les suites de tierces et de sixtes soit supérieures ou inférieures, sous peine de faire des 8ᵛᵉˢ consécutives, ce qui serait d'un effet pauvre

Dans l'un et l'autre cas, on peut ajouter une suite de tierces inférieures au contre-point renversé, et supérieures au plain-chant.
A cette occasion, nous remarquerons que la suite supérieure de
tierces ajoutées au plain-chant reproduit seulement ce dernier à
l'état direct. Cette observation est applicable à tous les contre-
points à la dixième renversés dont nous avons donné des exemples
dans le courant de cette section.

EXEMPLE.

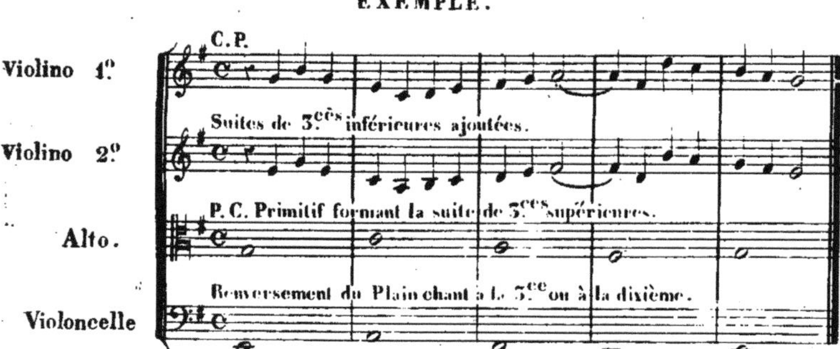

§ IV

DU CONTRE-POINT DOUBLE, RENVERSABLE À LA 12.^e

Les deux lignes de chiffres suivantes représentant l'état direct
et renversé des intervalles qui forment une douzième, serviront de
guides pour pratiquer facilement le nouveau contre-point dont nous
allons nous occuper.

Tonique	2.^{de}	3.^{ce}	4.te	5.te	6.te	7.me	8.^{ve}	9.me	10.^e	11.^e	12.^e
État direct	1,	2,	3,	4,	5,	6,	7,	8,	9,	10,	11,	12.
Renversement	12,	11,	10,	9,	8,	7,	6,	5,	4,	3,	2,	1.

Comme on le voit, la 2.de la 4.te la 6.te la 9.me et la 11.me ne pourront
être employées en notes réelles, à l'état direct, sous peine de
produire une 11.me une 9.me une 7.me une 4.te et une 2.^{de}

Le propre de ce contre-point est donc de conserver le même
plain-chant dans un ton quelconque, tandis que le contre-point se
transpose dans un ton placé cinq dégres au-dessous du ton primitif;
et tous les intervalles prohibés traités en notes réelles, peuvent être
entendus passagèrement.

EXEMPLE *d'un contre point à la 12.e, à l'état direct*

Renversement à la 12.e ou 5.te inférieure.

Si à l'état direct, on a eu le soin de ne pas faire de suite deux tierces, l'adjonction des suites de tierces supérieures sera possible à l'état direct et à celui de renversement.

EXEMPLE

Au renversement, la suite de tierces de la 1.re partie sera inférieure, et celle de la 2.de partie restera supérieure.

Ce contre-point, fort peu employé en composition idéale, a, cependant été traité avec beaucoup d'effet pour quelques maîtres de chapelle, à la tête desquels nous citerons encore notre fameux Le Sueur qui dans une messe a composé le *Kirie eleison* d'après les règles précitées. (Lire la partition du N.º 1.de la 3.e messe solennelle de Le Sueur)

L'origine naturelle des trois contre-points renversables à l'8.^{ve}, la 10.e et la 12.e se prouve par la faculté que possèdent certains instruments de faire des sons appelés *harmoniques*.

(¹) Un bémol est placé à la basse afin que, par lui, le demi-ton du 3.e au 4.e degré soit produit dans le ton de *Si majeur*, donné par le renversement du C-P.

La flûte de Boehm, perfectionnée par M.ʳ V. Coche, est particulièrement dans ce cas, si l'executant, au lieu d'émettre le souffle comme à l'ordinaire, lui donne une impulsion différente , il y produit les
renversements à l'8ᵛᵉ la 10.ᵐᵉ la 12.ᵐᵉ dans un ordre progressif.

Voici un tableau d'échelles chromatiques triples que nous avons ex-
trait de l'excellente méthode due à la plume de l'ingénieux continuateur
de Boehm. Sa lecture prouvera la vérité de notre assertion, en démon-
trant avec évidence, que les trois contre-points renversables d'une si
difficile application, surtout les deux derniers, ont été découverts dans
l'essence acoustique.

Son harmonique, produisant
l'octave du son écrit ou réel

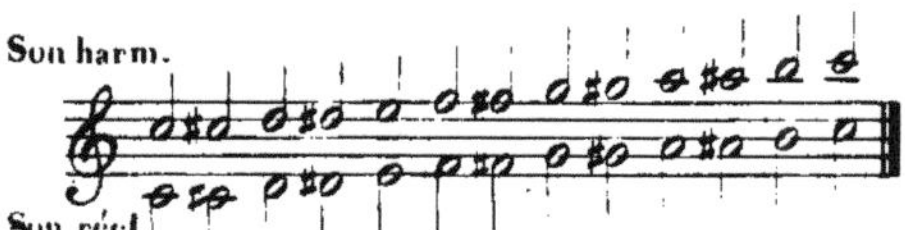

Son harmonique, produisant
la 10.ᵉ supérieure à une double
8.ᵛᵉ du son écrit ou réel. (1)

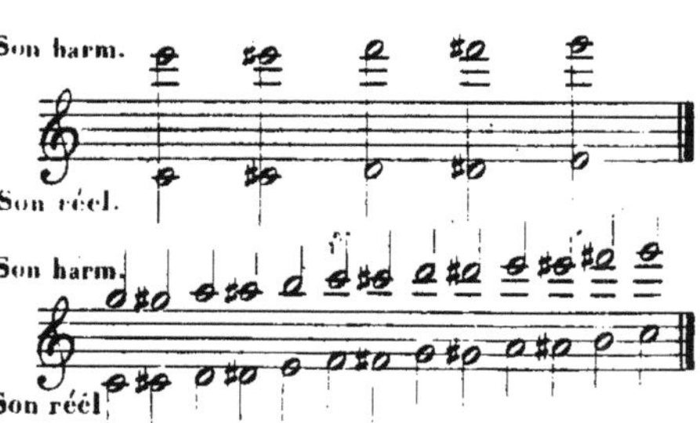

Son harmonique, produisant
la 12.ᵐᵉ ou la double quinte
supérieure du son écrit ou réel

On doit remarquer que, si les trois tableaux précédents, dépassent
quant aux renversements, le diapason naturel à toutes espèces de voix,
ils sont destinés à un instrument très étendu de sa nature; ce qui par
conséquent, ne détruit en rien notre proposition; car, exécutés sur un
instrument plus grave que la flûte de Boehm, les renversements donnés
par les *harmoniques* se trouveraient être chantables par des voix humaines.

Ceux de nos lecteurs qui savent jouer de la flûte pourront consulter
avec fruit, sur cet objet si nouveau pour leur instrument favori, la méthode de M.ʳ V. Coche récemment publiée par ce jeune et consciencieux artiste.

Plus loin, nous expliquerons avec des exemples notés à l'appui, comment on peut produire
un contre-point à la 10.ᵉ en renversant le *chant donné* plutôt que le contre-point lui même

.Jusqu'ici, nous avons enseigné aux lecteurs, comment on peut renverser *inférieurement* un contre-point, et nous esperons que la pratique venant à leur aide, ils parviendront en peu de temps, à écrire correctement ces différents genres à l'8.^{ve} la 10.e et la 12.e. Maintenant, nous allons les initier à un nouveau genre de contre-point qu'on peut appeler *mixte*, parce que, il participe tout à la fois des trois genres précités. Afin de produire tour à tour sur le même *plain-chant* ou *chant donné*, les trois renversemens en question traités supérieurement; il faut éviter 1.º de déterminer d'une manière précise le ton du contre-point, et pour y parvenir on n'introduit aucune note sensible accidentelle. 2.do Borner son étendue afin de ne pas dépasser le diapason d'aucune voix. 3.º N'employer que la tierce, la quinte et l'octave des sons posés à la basse lorsqu'on établit le *contre-point à l'octave* qui, soit dit en passant, est celui par lequel on doit commencer avant de procéder aux renversemens supérieurs à la 10.e et à la 12.e afin de pouvoir ajouter la suite de tierces supérieures pour le contre-point à l'8.^{ve} et inférieures pour les deux autres espèces. 4.º Ne pratiquer cette triple opération que sur un plain-chant ou un *chant donné* écrit en mode majeur et terminant sur la tierce du ton.

EXEMPLE du premier contre-point renversable à l'8.^{ve} supérieure et présenté d'abord à l'état direct.

Renversement à l'8.^{ve} supérieure très facile à traiter, et n'étant indiqué ici que pour compléter la démonstration.

EXEMPLE du renversement à la dixième supérieure,
du premier contre-point.

EXEMPLE du renversement à la douzième supérieure,
du premier contre-point.

Nota. Un ♯ est placé à la clé supérieure afin que, par lui, la note sensible du ton nouveau soit produite.

Les trois contre-points avec leurs suites de tierces ajoutées mis en regard du plain-chant; mais ne pouvant s'exécuter que séparément avec lui, quant au dernier, surtout.

On voit que dans l'un et l'autre de ces contre-points il y a une suite de 3.ces continues.

Voici enfin, pour terminer tout ce que nous avons à dire sur le contre-point mixte, une autre combinaison qui permet de renverser le contre-point supérieur et le plain-chant inférieur, mais qui n'offre que deux renversemens : ceux à la 10.e et à la 12.e inférieures tandis que dans

____
(1) La suite de tierces inférieures rend identique le contre-point à la 10.e et à l'octave; mais exécutés sans cette suite ils ont un caractère différent.

l'exemple triple de notre premier contre-point mixte, ces renversemens s'etaient fait supérieurement par exception, et en gardant toujours le même plain-chant en place.

EXEMPLE en contre-point simple, ou non renversable, servant de thême auxdeux transpositions à la 10e et à la 12e inférieure.

Le plain-chant à la partie aigue, avec une suite de tierces su- périeures ajoutées.

En renversant à la 12.e inférieure le contre-point qui était à l'état direct, ou en plaçant aux 1res voix le plain-chant avec une suite de tierces inférieures ajoutées, on obtient, tout en conservant le renversement à la 10.e du même 1er contre-point, un contre-point double à la 12.e ce qui présente tout à la fois les contre-points à la 10.e et à la 12.e mais dans ce cas il faut toujours que le renversement à la 10.e soit placé à la 3.e partie.

EXEMPLE

Plain chant.

Suite de 3.ces inférieures.

Contre-point à la 10e

Contre-point à la 12e

On a dû ajouter un bémol à la clef, parce que c'est le ton de FA majeur dans lequel le contre-point à la 12e est naturellement transposé qui doit l'emporter sur les toniques d'UT majeur et de LA mineur des plain-chant et contre-point à la 10e qu'ils rendraient trop douteux sans cette altération de la note sensible du ton principal, celui d'UT majeur, dans lequel le contre-point et le plain-chant étaient primitivement écrits à l'état direct.

Il ne nous resterait plus, en terminant ce chapitre, qu'à enseigner à nos lecteurs, quelques autres contre-points auxquels leur singularité à fait donner le nom de *contre-points conditionnels;* mais, comme leur emploi est complexe avec celui de certaines imitations, et de quelques canons excentriques dont il sera parlé plus loin, nous nous réservons de les indiquer à nos lecteurs, lorsque nous traiterons ces differents moyens qui vont précéder le chapitre consacré à la Fugue, parcequ'ils sont les plus puissants auxiliaires, de ce genre de composition qui résumera en lui tout ce qui aura été dit précédemment.

CHAPITRE III

DES IMITATIONS

§ I.

DÉFINITION, NOMENCLATURE

On donne le nom d'imitation à la reproduction exacte d'un trait mélodique proposé par une partie à la qu'elle une autre répond, soit à l'unisson, ou à tout autre dégré de l'échelle diatonique.

L'imitation peut donc se faire soit à l'unisson, à la 2de la 3^{ce} la 4te la 5te la 6te la 7me et l'8^{ve}.

Mais de tous ces intervalles ceux à l'unisson, à la 4te à la 5te et à l'octave supérieure ou inférieure, sont choisis de préférence pour établir des imitations, parceque, ils présentent plus de facilité à être accompagnés, et que la répercussion du motif imité est plus sensible surtout, si l'imitation est faite au dégré de 4te 5te ou d'octave.

L'imitation peut être faite soit entre deux, trois, quatre parties et plus.

Elle peut être simple ou double:

simple, lorsque le même trait mélodique est imité; *double*, lorsque deux traits mélodiques différents sont imités simultanément.

L'imitation qui se continue sans interuption et sans changer l'intervalle auquel on imite, prend le nom de *canon* Plus loin, nous consacrerons plusieurs sections à cette partie interressante du système imitatif.

En harmonie on fait aussi des imitations rythmiques; mais dans ce cas, elles sont si faciles à pratiquer qu'il suffit de les indiquer aux lecteurs, pour qu'ils sachent les traiter convenablement.

Voici un paralelle à ce sujet.

<table>
<tr><td>Imitation réelle</td><td>Imitation rythmique</td></tr>
</table>

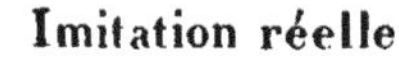

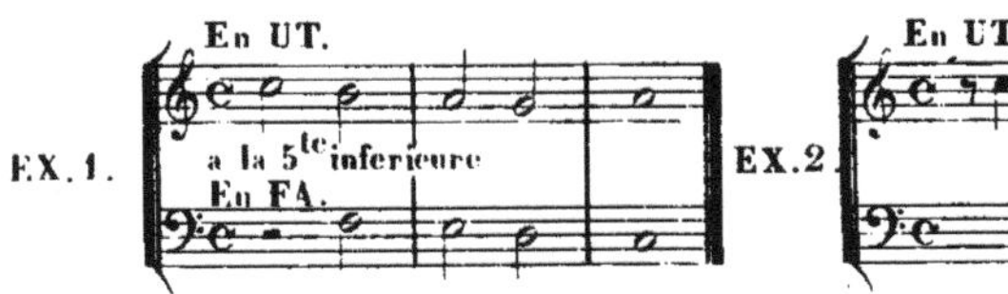

EX. 1.   EX. 2.

Lorsque, par suite de l'imitation, l'harmonie change dans la partie imitée il y a imitation réelle; mais lorsque l'harmonie reste la même il n'y a, comme on vient de le voir dans l'Ex:1 qu'imitation rythmique.

§ II

DE L'IMITATION À DEUX PARTIES

Le sujet ou motif de l'imitation prend le nom *d'antécédent*, et sa reproduction *exacte* de formes et d'intervalles n'importe à quel dégré, se nomme le *conséquent*. Si l'on desire changer la figure de l'imitation, il résulte un petit temps d'arrêt dans la marche primitive;

ce petit temps qu'une ou plusieurs mesures de formes absolues peuvent remplir, s'appelle un *membre incident*, c'est-à-dire n'imitant rien et n'étant pas lui même imité.

Il y a deux sortes d'imitations: l'imitation libre, qu'on établit d'après un motif crée, et l'imitation absolue qui doit se faire sur un plain-chant ou chant donné. La première est plus facile que la seconde à traiter.

L'imitation peut se pratiquer entre deux voix égales ou deux instrumens accordés au même diapason; ou bien entre deux voix inégales ou deux instrumens d'une étendue ou d'un timbre absolument différent.

EXEMPLE *d'une imitation libre à deux voix égales et faite à la 5.te inférieure.*

On a dû remarquer que le conséquent ne se produit qu'après un silence assez long. Sans cette précaution son *entrée* serait moins sentie.

Cependant, le silence d'une pause observé dans l'exemple précédent n'est pas de rigueur, et l'on peut faire entrer le contre-point après une demi pause.

EXEMPLE

L'imitation sur le plain-chant ne peut avoir lieu qu'à trois parties; dont deux s'imitent tandis que l'autre fait le plain-chant.

§ III.

DE L'IMITATION À TROIS PARTIES

Cette imitation peut se faire soit à l'octave, entre les trois parties, soit également à l'octave entre deux parties, tandis que la troisième execute le *conséquent* soit à la quinte inférieure ou à la quinte supérieure. On est libre d'entremêler les imitations; c'est-à-dire que l'on peut faire cesser par exemple, le 1.er conséquent à la quinte, avant le 2.d conséquent à l'octave.

EXEMPLE *d'une imitation à l'8.ve à trois parties.*

Remarquez que le dernier conséquent n'a pu reproduire en entier l'antécédent, afin de conclure dans le ton principal.

EXEMPLE *d'une imitation à trois parties*
à l'octave supérieure et à la quinte inférieure.

L'imitation à la 4.te supérieure entre les trois parties se pratique avec facilité; mais, ainsi que celle à la 5.te inférieure elle fait sortir hors du ton principal.

Une imitation à trois parties sur le plain-chant présente d'assez grandes difficultés, parceque l'on est obligé de suivre un ordre de modulations identiques avec celles du plain-chant lui même. Pour pratiquer cette sorte d'imitation il faut naturellement employer quatre parties, et celle ajoutée fait le plain-chant.

EXEMPLE *d'une imitation triple sur le plain-chant.*

Sur un chant donné, on peut également établir une imitation à trois voix.

Imitation à trois voix sur le motif du chœur: *Que de graces* de l'Iphigénie en Aulide, de Gluck.

Ces sortes d'imitations, ne peuvent nécessairement se produire a-vec une très grande exactitude, à cause du chant sous lequel on les établit.

Cette faculté de ne pas imiter exactement la qualité des intervalles de l'antécédent lorsqu'on fait les conséquents, est interdite quand on traite les canons, comme on le verra en son lieu.

<h2 style="text-align:center">§ IV.</h2>

<h3 style="text-align:center">DE L'IMITATION A QUATRE PARTIES.</h3>

Cette espèce, comme les précédentes peut être traitée soit en reproduisant le conséquent à l'octave, ou à la quinte, ou à la quarte dans toutes les parties. Deplus, l'imitation à quatre voix peut être double; c'est-à-dire que deux antécédents absolument différents de formes sont imités par deux conséquents nécessairement dissemblables. Faite sur le plain-chant ou un motif original, l'imitation à quatre parties exige l'adjonction d'une cinquième partie.

EXEMPLE d'une imitation à quatre parties reproduisant chacunes à leur tour l'antécédent à l'octave inférieure.

EXEMPLE *d'une imitation à la quinte supérieure*
entre toutes les parties.

Imitation à la quarte inférieure.

Imitation double.

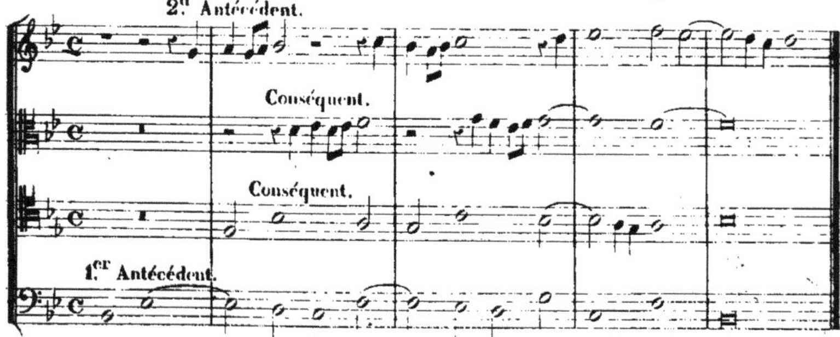

52

Comme accompagnement d'un chant harmonique (1) l'imitation double peut produire beaucoup d'effet. En voici un Exemple:

Lorsque, comme dans le précédent exemple, l'imitation se fait par
une progression harmonique, il ne faut pas trop la prolonger parceque elle deviendrait monotone; mais placé a propos, et d'un dessin
mélodieux, elle repose l'oreille des auditeurs, en donnant plus de charme à l'entrée de la *véritable* mélodie dont on doit avoir soin de la
faire suivre.

Nous remarquerons aussi que l'imitation précédente étant établie
en contre-point à l'octave, le compositeur a la faculté de la renverser mais seulement entre le violoncelle et le premier violon; car l'imitation faite entre le second violon et l'alto produirait des quartes à chacunes de ses secondes notes, si on la plaçait à la basse, ce n'est donc *qu'intérieurement* que ce renversement peut avoir lieu. Quant au chant harmonique; il doit rester à la place qui
lui a été assignée.

---

(1) On appelle *chant harmonique*, une sorte de mélodie qui n'est pas assez variée pour intéresser à elle seule, mais qui, encadrée dans un accompagnement bien fait, peut contribuer
à former un ensemble très satisfesant. Ce genre de mélodie, espèce de récitatif mesuré,
s'emploie surtout dans le drame lyrique, lorsqu'il s'agit de faire bien entendre des paroles essentielles à l'intelligence de l'action.

EXEMPLE *d'imitation double sur le plain-chant,*
nécessitant l'adjonction d'une 5.me partie.

§ V.

IMITATION PAR MOUVEMENT CONTRAIRE
par diminution et par augmentation.

Pour obtenir la première de ces trois espèces d'imitations, on conserve la même valeur de notes et la même figure entre le conséquent et l'antécédent; mais ce dernier, doit être ascendant si le premier est descendant, et vice versa. Cependant, on fait en sorte que chaque note de l'antécédent soit imitée, soit à la quarte à la quinte ou à l'octave, par le conséquent.

EXEMPLE d'une imitation par mouvement contraire à la quarte inférieure, quant à chaque note du 1.er temps fort, de chaque mesure.

L'imitation par *diminution* se produit en donnant au *conséquent* une valeur de notes moindre que celle affectée à l'antécédent.

EXEMPLE

Pour obtenir l'imitation par *augmentation*, on fait le contraire;
c'est-à-dire que le conséquent reproduit l'antécédent en doublant la
valeur de notes de ce dernier.

EXEMPLE.

Observons que l'imitation par augmentation jetant assez de
froideur dans la composition, ne doit être employée qu'avec beaucoup
de discernement, et surtout, lorsqu'on procède avec un grand nombre de
parties; parceque, dans ce cas, on peut donner du mouvement; tandis
qu'à deux voix, par exemple, l'antécédent augmenté, perd beaucoup de sa
physionomie primitive. Autant l'emploi de cette espèce d'imitation doit être
restreint, autant celui de l'imitation par diminution doit être étendu, puisque son effet est de donner plus d'animation à la composition.

Traités en contre-point double à l'octave, les exemples de cette section ont présenté aussi des formules de contre-points *conditionnels*
dont nous n'avions qu'indiqué le nom générique page 45. Il ne nous
reste plus, en terminant ce paragraphe, qu'à parler des imitations en
contre-point rétrograde.

Ces contre-points ou imitations qu'on pourrait appeler des jeux
d'esprit, en musique, ne produisant aucun effet sensible ou bien tranché, nous ne nous étendrons pas longtemps sur leur enseignement.
Qu'il nous suffise de dire aux lecteurs que l'état direct doit être combiné de façon à ce que, en reprenant chaque note à partir de la fin
de la mélodie elle produise une mélodie toute différente. De plus, le
même travail a lieu à l'égard de la basse; et pour faire la preuve,
on renverse les parties.

EXEMPLE *d'un contre point par mouvement rétrograde à **2 parties.***

---

(1) A compter de cette demi mesure, l'antécédent propose un nouveau motif d'antécédent
qu'on n'a pas traité en conséquence, parceque, l'on a pensé avec raison, que cet exemple é-
tant assez complété par la 1ʳᵉ partie imitante.

On voit, par cet exemple, que l'emploi de toute espèce de notes de passage est interdit, et que même, la quinte des accords ne doit pas être placée supérieurement afin d'éviter le renversement de quarte: il n'y a donc que l'unisson, la 3.^{ce}, la 6.te et l'8.^{ve} qui puissent être employées dans cette espèce de contre-point dont on ne tire aucun effet sensible dans la pratique idéale.

Voici un autre espèce de contre-point, à trois voix, rétrograde, qui consiste à retourner le livre, de sorte que la partie du milieu soit la même, tandis que le soprano devient la basse, et que celle-ci devient le soprano.

C'est dans le solfege du Conservatoire que Mr Cherubini a écrit l'ingénieux exemple suivant.

On ne peut faire la 5.te des accords qu'à la partie du milieu, parcequ'elle reste 5.te avec la basse et le soprano, au renversement.

CHAPITRE IVme

DES CANONS HARMONIQUES ET DE LEURS DIFFÉRENTES ESPÈCES.

§ I.

On donne le nom de *canon* à une imitation très sévère et permanente, entre deux ou un plus grand nombre de parties.

Il y a plusieurs espèces de canons; voici leur nomenclature:

1.° *Canon Simple,*
2.° ———— *Double,*
3.° ———— *Circulaire,*
4.° ———— *Perpétuel,*
5.° ———— *Par mouvement contraire,*
6.° ———— *Par augmentation et diminution ,*
7.° ———— *Polyphormos,*
8.° ———— *Enygmatique.*

De tous ces différents canons, il n y à guère que les deux canons simple et double qui s'emploient avec avantage dans la composition scolaire et idéale; quant aux autres, on doit les ranger dans la catégorie des rébus et des logogryphes musicaux qui, à une époque ou les jeux d'esprit littéraire de cette sorte n'étaient pas encore inventés en Europe, fesaient les délices des savans contrapuntistes (1)

Nous ne consacrerons donc tous nos soins qu'a l'exposition des principes qu'il est essentiel de posséder pour produire les canons simple et double, et nous ne citerons que d'une façon très sommaire, les différentes autres espèces; parceque, l'art de les écrire n'est plus d'aucune utilité aujourd'hui.

§ II.

DU CANON SIMPLE.

Une imitation continue et rigoureuse entre un nombre de parties déterminé prend, comme nous l'avons dit précédament le nom de *canon* qui corespond à celui de *règle.*

---

(1) Vers les XVIe XVIIe et XVIIIe Siècles, les compositeurs mettaient leur gloire à déchiffrer surtout des canons énygmatiques. S'ils avaient employé leur intelligence à donner une forme plus poétique à la mélodie, l'art eut progressé deux siècles plûtot.

On fait des canons simples soit à l'unisson ou l'octave; soit à la quarte inférieure ou à la quinte supérieure. Si le canon est écrit en contre-point renversable à l'octave, il présente beaucoup plus de ressources au compositeur: cependant, on peut faire des canons en contre-point simple.

EXEMPLE *d'un canon à la 5ᵉ supérieure*
en contre-point renversable à l'octave.

Remarquez qu'au renversement, le canon se fait à la 4ᵉ inférieure tandis qu'à l'état direct il a lieu à la 5ᵉ supérieure.

Autre exemple de canon simple, renversé à la 5ᵉ inférieure.

*** Pour conclure, on rompt l'imitation.**

(1) On a dû rompre le canon, afin de conclure.

EXEMPLE *d'un canon à deux voix,*
en contre-point à l'octave renversable.

Canon simple à trois parties, en contre-point non renversable.

Canon simple, à quatre parties.

Note. Chaque conséquent nouveau imite toujours celui qui le précède.

En général, c'est presque toujours sur une progression harmonique que les canons et les imitations s'établissent: car ils seraient d'une difficulté souvent insurmontable, si l'on prétendait ne pas donner une parité de sonorité ou de position à l'harmonie sur le fond delaquelle les uns et les autres sont construits.

Voici, pour appuyer notre proposition, l'exemple d'une progression de septièmes fictives[1] qui, plus bas, servira de thème à des canons à différents dégrés et à plus ou moins de parties.

1.er CANON a la 5.te inférieure ou à la 4.te supérieure, (en renversant): tiré de la 1.re et la 3.me partie de la marche précédente.

2.d CANON à la 4.te supérieure ou à la 5.te inférieure; tiré de la 2.e voix de la marche.

En doublant à la tierce les parties inférieure et supérieure on obtient la combinaison suivante. Mais ce nouveau canon ne doit pas être confondu avec le canon-double dont nous allons bientôt nous occuper, parcequ'il n'a, au fond, qu'un antécédent auquel le conséquent naturel répond, quoiqu'il soit écrit à quatre parties.

(1) On donne le nom de *Septièmes fictives* à une progression de septièmes dont les tierces, excepté celle de la dernière, ne sont pas altéréespar l'un des 3 signes accidentels.

60 3.ᵉ *Canon simple à 4 parties* tiré de la marche de 7.ᵐᵉ qui précède.

Remarquez que les 1.ʳᵉ et 3.ᵐᵉ voix font des 8.ᵛᵉˢ de suite par mouvement contraire, et que les 2.ᵈᵉ et 4.ᵉ voix prennent la même licence. Ces fautes, qui seraient intolérables si le mouvement était direct, disparaissent ici, à cause du mouvement contraire lui même.

§ III

DU CANON DOUBLE.

Lorsque un canon présente deux antécédents différents auxquels deux conséquents dissemblables répondent, il prend le nom de *canon-double*. Un canon de cette espèce ne peut nécessairement être traité qu'à quatre parties. **EXEMPLE.**

Voici un autre espèce de canon double qu'on peut à la rigueur appeler mixte. (1) parceque deux parties marchent en tierces tandis qu'un autre fait le conséquent de l'antécédent, et est doublé, à la sixte et à la tierce, alternativement.

____

(1) C'est à dire participant du genre simple par sa forme, et du double par le nombre des parties qui se font entendre.

Ce genre de canon mixte, offrant moins de variété que le canon double réel, doit être moins employé, pour cette raison.

§ IV.
DU CANON CIRCULAIRE.

Cette espèce de canon qui se fait à la quinte supérieure, a pour but de faire parcourir l'antécédent et son conséquent dans les douze tons majeurs et mineurs (suivant le mode que l'on a choisi dès le début): de sorte que, fesant comme un cercle, l'antécédent rentre pour finir, dans le ton parlequel il avait commencé.

Cette obligation de faire un si long circuit modulatoire doit faire rejeter l'emploi du canon en question, dont surtout, le moindre défaut est de détruire la tonalité principale, pendant un temps trop long.

EXEMPLE *d'un canon circulaire.*

ainsi de suite, en transposant toujours d'un ton majeur en montant, jusqu'au retour de l'antécédent en UT majeur. (ton principal).

62

Remarquez que, le conséquent à la 5te supérieure, devient à son tour l'antécédent du sujet reproduit au dégré supérieur à sa première entrée, mais à une distance de 4te inférieure. Observez aussi, que sous l'entrée du conséquent, la partie à laquelle l'antécédent est affecté fait un accompagnement en contre-point double à l'octave, et que cet accompagnement, est à son tour imité par un conséquent semblabe à la 5te supérieure, par la 1re partie, et à la 4te inférieure par la 2^{de}

§ V.

DU CANON PERPÉTUEL.

Ainsi appelé, parcequ'on le combine de manière à pouvoir, aussi longtemps qu'on le desire, reprendre l'entrée première de l'antécédent. Il est permis, pour jeter de la variété dans cette espèce de canon, de faire succéder plusieurs antécédents d'une forme différente; mais, il faut toujours dans tous les cas, moduler avec assez d'adresse pour que la rentrée de l'antécédent soit naturelle et même à effet. *Canon perpétuel à l'octave et à la quarte inférieure.*

C'est plûtot à l'octave ou à l'unisson qu'à tout autre intervalle que l'on doit traiter le canon perpétuel; parceque, à cet intervalle on est plus maitre de diriger la modulation; tandis qu'à celui de quinte ou de quarte on a plus de peine à ne pas sortir du ton principal, dans lequel on rentre periodiquement.

Quelques airs populaires tels que celui de *frère-Jacques*, peuvent être chantés à quatre parties et plus, au dégré d'unisson ou d'octave, en canon perpétuel. Le célèbre compositeur M^r. Berton, en a écrit une multitude de ce genre, qui jouissent d'une réputation européenne.

§ VI
DU CANON PAR MOUVEMENT CONTRAIRE.

Ce qui différencie ce canon de l'imitation par mouvement contraire, c'est la continuité de l'imitation, et la parité exacte de qualité majeure ou mineure donnée aux intervalles du conséquent relativement à ceux de l'antécédent.

EXEMPLE *d'un canon par mouvement contraire.*

Lorsque, comme dans le précédent exemple, on a traité le canon en contre-point double à l'octave, il peut se renverser; ce qui augmente beaucoup l'intérêt de la composition.

§ VII.
DU CANON PAR AUGMENTATION ET DIMINUTION.

Cette espèce de canon, soit que le conséquent augmente ou diminue l'antécédent, soit qu'il le diminue ou l'augmente, est soumise aux mêmes règles que l'imitation du même genre; mais seulement, le canon qui va nous occuper, ne doit reproduire qu'un fragment de l'antécédent; car, si on voulait l'imiter en entier, cela rendrait le canon interminable, surtout lorsqu'il a lieu par augmentation.
De plus, on écrit en contre-point double la suite de l'antécédent, tandis que le conséquent reproduit les quelques premières mesures du début.

Le canon par diminution est plus à effet que celui par augmentation qui, en donnant plus de valeur aux notes de l'antécédent, refroidit un peu la marche mélodique; mais, l'un et l'autre ne doivent être employés qu'avec discernement, et seulement comme nous l'avons déjà observé à l'article de l'imitation identique, page 54 lorsqu'on a à sa disposition un certain nombre de voix ou d'instruments.

EXEMPLE *d'un canon par augmentation,*
avec son renversement en contre-point double à l'octave.

Le canon par diminution présente l'effet contraire; mais est soumis aux mêmes règles.

EXEMPLE *d'un canon par diminution.*

§ VIII.

DU CANON POLYPHORMOS (1)

Ce canon est ainsi appelé, parceque la forme de l'antécédent permet de l'imiter à tous les dégrés supérieurs ou inférieurs de la gamme dans laquelle il est écrit. Il faut, pour réaliser un canon polyphormos choisir un motif simple, peu long et ne modulant presque pas.

---

(1) Nom Grec, qui signifie une chose qui peut avoir plusieurs formes différentes.

En voici un exemple

Le canon à la 7.ᵉ inférieure ne présentant que des consonnances d'octave et de quinte sur chaque temps fort de chaque mesure, n'est pas d'un excellent effet traité à deux parties seulement.

Du reste, disons en terminant, avec le savant M.ʳ Fétis, que c'est au hazard qu'on est redevable d'un bon antécédent pour écrire un canon polyphormos; et, ajoutons qu'inutile dans la pratique musicale, ce canon, ainsi que tous les suivans, ne sont curieux à étudier qu'afin de se féliciter de vivre dans un siècle assez éclairé, pour ne pas préférer à la mélodie, le vain étalage d'une difficulté vaincue sans profit pour l'art et pour sa vivifiante popularité.

§ IX

DU CANON RÉTROGRADE PAR MOUVEMENT CONTRAIRE

On donne ce nom à un canon ou à un contre-point combiné de manière à ce que, en retournant le livre on puisse exécuter la partie grave à la place de celle du haut et cette dernière au lieu de la partie grave. De plus, la combinaison de l'antécédent et de son conséquent doit être fait de façon à ce que, en chantant ainsi par la fin, la prétendue mélodie qui en résulte, elle ait un sens saisissable et que l'harmonie renversée soit correcte.

(¹) On a été obligé de ne pas imiter la dernière mesure de l'antécédent parce que l'harmonie produite eut été intolérable. Il a donc fallu supprimer une mesure.

Il faut pratiquer ce genre de canon en se servant beaucoup du mouvement contraire, (sous le rapport harmonique).

EXEMPLE *d'un canon rétrograde à 2 voix*

Renversement donnant un canon a la 4.te inferieure

Le canon par mouvement contraire, se produit comme l'imitation du même genre, en donnant au conséquent une marche opposée à l'antécédent

Remarquez, que le mouvement contraire donné au conséquent détruit son effet sous le rapport de l'imitation, parceque, on se contente de reproduire seulement, la valeur des notes du conséquent, en imitant à un dégré quelconque.

§ X

DU CANON ÉNYGMATIQUE

Cette espèce de logogryphe musical dont nous ne parlons dans ce traité, que pour ne pas être accusé d'omission, jouissait d'une faveur générale chez tous les musiciens instruits des XVIe XVIIe et XVIIIe siècles.

Aujourd'hui, il n'est plus qu'un objet de curiosité; et ne pas savoir ouvrir un canon fermé ou en deviner la solution, ce qui revient au même, ne fait plus frapper d'ostracisme un compositeur possèdant, d'ailleurs, le génie et la science nécessaire à son art.

Presque toujours l'antécédent du Canon était accompagné d'une épigraphe écrite en latin dont le sens énigmatique lui même, avait plutôt pour but de dérouter l'ouvreur du canon, qu'on nous passe ce néologisme quoiqu'en apparence, cette devise indiquat réellement à combien de voix le canon devait être traité D'autre fois, le nombre de clefs nécessaires pour écrire ce canon en partition, précédait la première mesure du sujet, enfin, quelques maîtres traçaient l'antécédent sans lui assigner aucune clef, et sans le mesurer.

M.ʳ Fetis, dans la 2.ᵈᵉ Partie de son traité de Contre-point et Fugue a donné un Glossaire de toutes ces légendes avec la traduction en regard, ainsi qu'une collection de canons fermés et ouverts par lui et par d'autres maîtres savants, que l'on pourra consulter avec fruits, si l'on se sent le courage de se meubler la tête d'un fratras anti-musical, et qui, malgré toute la science dont il est revêtu, n'aura jamais pour une oreille sensible, autant de charme que le découvere de la plus naïve mélodie.

Voici pour uniques exemples de canons énigmatiques, un antécédent du père Martini ouvert par MM. Fétis et Chérubini, il sera suivi d'un canon à l'unisson de M.ʳ S. Neukome; canon où chaque entrée est indiquée par un chiffre, ce qui s'omet ordinairement, afin d'intriguer d'avantage celui qui essaye d'ouvrir le canon

CANON DU PÈRE MARTINI.

Les deux devises, d'après l'ingénieuse application de M.ʳ Chérubini, prouvent que les 4 voix doivent être divisées en deux parts; s'imiter à l'octave, et que la 1.ʳᵉ voix doit faire sans interruption la 1.ʳᵉ partie du canon tandis que la 2.ᵈᵉ éxecute la 2.ᵈᵉ partie. Ajoutons que le ténor doit imiter seulement les notes longues de la 1.ʳᵉ partie tandis que la basse imite à l'octave, le contr'alto, mais sans compter les pauses qui séparent la fin du canon dans cette dernière voix. Ex:

---

(1) Traduction: qui me suit ne marche pas dans les ténèbres.
(2) Idem: ne cesse de chanter.

EXEMPLE

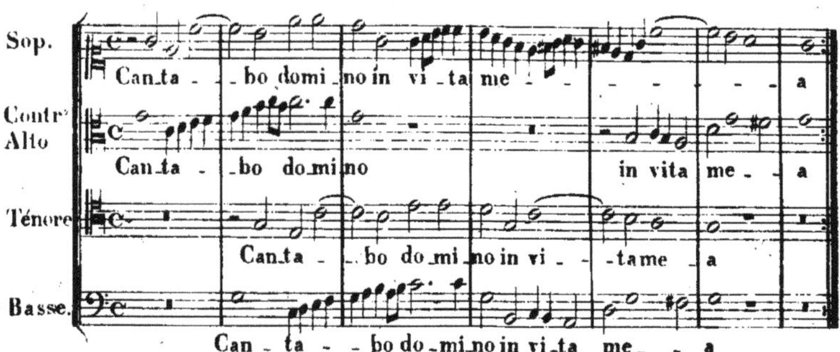

Canon à 4 voix égales par S. Neukome

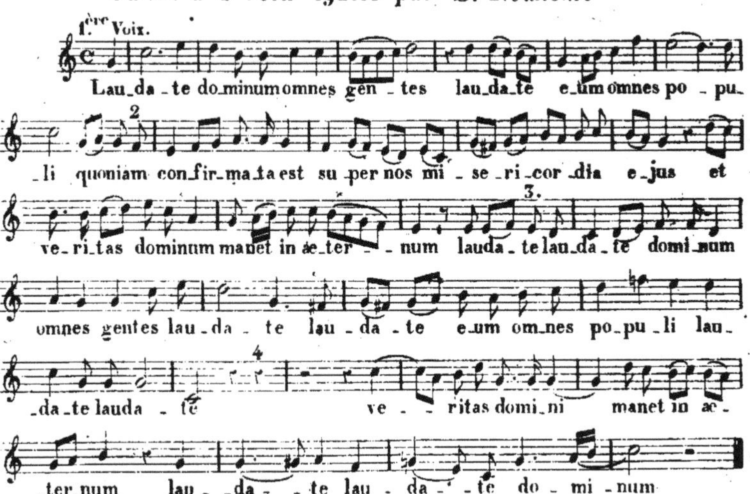

Pour composer cette espèce de canon, on écrit en bloc les **4** parties, en les construisant de manière à ce que chacune d'elle offre une suite isolée à peu près chantante. Puis, on écrit tout d'un trait chaque partie à une seule voix

Le principe de l'imitation simple ou harmonique est tout entier dans une mélodie bien faite ; c'est-à-dire, ayant des parties de phrase corespondantes: seulement, c'est la même voix qui parcourt toute la longueur d'un chant mélodique; tandis que l'on confie à différentes voix ou parties, les parcelles d'imitation existentes dans une mélodie.

EXEMPLE d'un air de **Mr de ROMAGNESI**, analysé sur le rapport imitant, et dans lequel on découvrira le principe tout entier du style d'imitation

L'imitation n'a donc pas d'effet sensible lorsqu'on écoute une mélodie chantée par une voix *seule* parce que: 1.° le timbre vocal est le même. 2.° que les parties imitantes ne sont pas présentées à certains dégrés assez éloignés (tels que ceux de 4te 5te et 8^{ve}) 4.° parceque, il n'y à pas eu de repos avant chaque entrée imitante, et enfin, 5.° parceque le propre de l'imitation est d'être harmonique: tandis que dans le chant isolé elle n'est que mélodique.

La simple lecture de l'air que nous venons de citer suffira, nous l'espérons, pour ranger nos lecteurs, à notre avis. En leur fesant part de nos observations, nous ne prétendons pas les leur imposer cependant: mais, comme dans les sciences on ne peut aller à *l'inconnu*, que par le *connu*, nous sommes fondé à croire, que c'est la forme symétrique donnée à une mélodie qui aura dû nécessairement donner naissance au style fugué dont la pratique est d'un secours si puissant aux compositions.

Enfin, on cite des canons à **32** et même **64** voix. Ces tours de force ont, pour moindre défaut, d'engendrer une très grande monotonie par le retour périodique d'une même phrase. En terminant cette première partie de notre traité, nous devons rappeler à nos lecteurs que, pour devenir d'excellents fuguistes il leur suffit de bien pratiquer les contre-points renversables, les différentes imitations et les canons simples et doubles. Tout le reste est d'une absolue inutilité.

DEUXIÈME PARTIE

CHAPITRE PREMIER
DE LA FUGUE

§ I
PRÉLIMINAIRES

La fugue, du latin *fuga* (fuite), est une composition scolaire et musicale destinée aux voix, aux instrumens, ou à ses deux agents différents réunis, dans laquelle un *sujet* ou motif est sans cesse reproduit en passant à chaque instant dans l'une et l'autre partie de l'harmonie. Cette fuite successive du motif n'est pas la seule particularité qui distingue la fugue. C'est par le caractère essentiellement imitatif qui est naturel à ce genre de composition qu'on le reconnait de suite

Il y a plusieurs espèces de fugues.

1.º La fugue sévère.

2.º La fugue moderne.

3.º La fugue simple.

4.º La fugue double, triple, quadruple.

5.º La fugue d'imitation.

6.º La fugue de fantaisie.

L'essence de la fugue est formé par les contre-points simple et double; les imitations et les canons

Le but de l'étude de la fugue est de former de bonne heure les compositeurs à l'art de savoir mettre de l'ordre dans leurs idées, ou plutôt à savoir les féconder en ne les prodiguant pas avec une générosité dont l'épuisement complet de la faculté créatrice serait la suite inévitable. Enfin, la Fugue est à la musique, ce que la Réthorique est à la litérature: l'art d'exposer un sujet; de le développer et de donner à son discours oratoire ou musical, de belles propositions, de l'ordre, de la clarté, en persuadent ceux qui l'écoutent, qu'il soit traduit par des mots ou par des sons

Quant aux moyens offerts pour produire une bonne fugue ils sont tous renfermés répétons-le encore, dans l'art avec lequel on sait écrire le contre-point double et les canons simples et composés.

On peut écrire des fugues depuis deux jusqu'à huit voix ou parties réelles; mais, un si grand nombre de voix excitant plutôt l'admiration froide de quelques rares connaisseurs qu'un effet grand et bien senti, il suffit de savoir écrire avec pureté et élégance une fugue à quatre parties, pour pouvoir ensuite appliquer l'esprit plutôt que la forme de la fugue elle même, à toute espèce de composition sérieuse ou légère, sacrée ou profane; pour pretendre enfin au titre de compositeur bon réthoricien ou plutôt très éloquent. Observons, toute fois, qu'aucun livre au monde, tel bien rédigé qu'il soit, ne peut donner le génie créateur. Aussi, ne doit on considèrer un ouvrage de théorie lumineusement écrit, que comme un dépôt des fruits de la science ou de l'art; dépôt qui, à son tour, n'est que le fruit de l'expérience.

Une fugue, n'importe à quel nombre de voix ou de parties elle soit écrite, est toujours formée des éléments suivants:

1°. Exposition du sujet.

2°. Sa contre exposition.

3°. Ses dévelopements.

4°. Sa reproduction dans d'autres tons.

5°. Sa péroraison.

6°. Sa conclusion.

Mais, comme l'art musical possède l'admirable faculté de pouvoir faire entendre simultanément et sans confusion, deux et même trois motifs différents, lorsque surtout on leur donne à chacun une forme mélodique variée et bien tranchée, il advient que la fugue rythmée (c'est à dire ayant un sens mélodique franc et naturel) a, sur le discours littéraire, plusieurs avantages que nous allons signaler.

1°. Le sujet principal, doit, comme l'antécédent de l'imitation ordinaire, avoir son conséquent naturel quoique légèrement modifié, et que l'on appelle *Réponse*

2°. On peut donner au sujet principal soit un, deux et même trois contre-sujets éxecutés simultanément, et pouvant devenir chacun sujet principal à tour de rôle.

3°. Les phrases incidentes qui servent à faire moduler le sujet dans différents tons, prennent le nom d'épisodes; quoique pourtant, on affecte de leur conserver une des formes partielles du sujet ou du contre-sujet.

4.° Le sujet peut être reproduit deux fois ainsi que sa réponse, dans deux tons relatifs au 1.° ton principal.

5.° Lorsque la fugue est à plus de deux parties, elle s'enrichit de la tenue-harmonique *pedale*.

6.° Après avoir promené le sujet dans les tons qui lui sont relatifs on le fait entrer de nouveau ainsi que les réponse, mais en resserrant les entrées, ce qui fait donner le nom de *stretta stretto* ou *(serré)* à cette opération.

7.° Après la stretta, on conclut en reproduisant quelques parcelles du motif principal. C'est là, une des parties de la fugue où le compositeur peut mettre le plus de chaleur, et partant, le plus d'effet.

§ II

DU SUJET PRINCIPAL.

Le choix, plus ou moins intelligent du sujet influe beaucoup sur la fugue entière. Il doit toujours commencer par la tonique ou la dominante du ton dans lequel il est écrit. On peut cependant le commencer par la 3.ce du ton; mais jamais par celle de la dominante du ton lui même.

Le sujet doit terminer dans le ton de la tonique s'il a commencé par celui à la dominante, *et vice versa:* pourtant, on peut finir et commencer un sujet dans le même ton, mais alors on lui ajoute une *coda* dans le but de rétablir la modulation. Cette particularité sera développée plus loin.

Pour qu'un sujet de fugue soit favorable aux développements de ce genre de composition, il doit avoir une longueur modérée, depuis quatre jusqu'à huit mesures au plus; présenter une unité de formes mélodiques, et ne pas s'éloigner du ton principal ou de celui de sa dominante.

EXEMPLE *d'un sujet allant de la tonique à la dominante*

EXEMPLE *d'un sujet allant de la dominante à la tonique*

Nous remarquerons que la 1.re note du sujet doit être toujours considérée comme étant la note fondamentale de l'accord parfait pris soit sur la tonique ou sur la dominante. (Si le sujet commence par la 3.^{ce} du ton principal, il va sans dire que la note qui la représente ne peut pas être la fondamentale de l'accord.)

Ainsi, dans les exemples précédents, le 1.er sujet commence par l'accord d'*ut* tandis que le second, quoique fesant la quinte du même accord d'*ut*, commence en *sol*: la raison de cette règle est toute entière dans cette autre du contre-point renversable à l'octave, qui interdit de mettre la quinte sur la tonique, afin qu'au renversement elle ne produise par la 4.te Ce qui n'eut pas manqué d'arriver si, sous la note *sol* du 2.^d exemple, on avait placé l'*ut* au lieu du sol 8.^{ve} A l'article *réponse* on reviendra en détail, sur ce qui ne peut être qu'indiqué ici.

Lorsqu'un sujet change de forme vers le milieu de sa mélodie, et que sa seconde partie est d'un rythme tout opposé, on lui donne le nom italien d'*adamento*. Ces sortes de sujets doivent être rejetés 1° à cause de leur longueur; 2.° parcequ'ils semblent présenter l'amalgame de deux sujets différents.

EXEMPLE d'un sujet adamento.

Si, au contraire, le sujet est trop court, il prend le nom *d'attacco* et peut être employé avec beaucoup d'effet dans certaines finales de musique sacrée ou profane que l'on veut traiter dans le style fugué, mais sans développements.

EXEMPLE d'un sujet attacco.

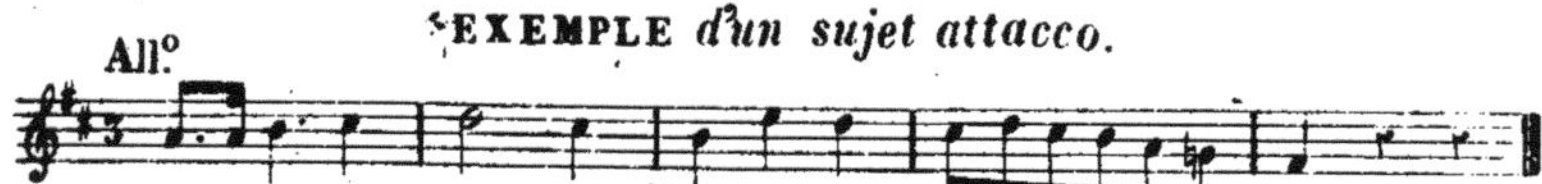

On peut faire des sujets ayant une forme chromatique générale ou partielle; mais, dans le mode mineur surtout, ils présentent souvent une très grande difficulté à être bien traités.

EXEMPLE. d'un sujet chromatique, en mode majeur.

EXEMPLE. d'un sujet chromatique, en mode mineur.

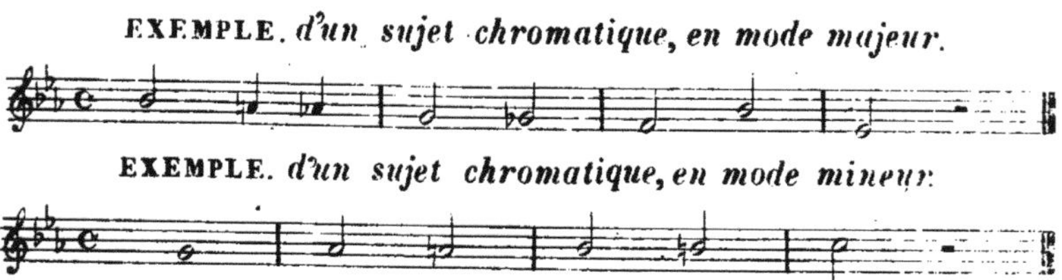

Dans les fugues scolaires, on ne s'attache pas assez ordinaire - ment à donner une forme symétrique et chantante aux sujets; de sorte que, ce genre de composition, ainsi privé de tout attrait mélodique, inspire un dégout profond à ceux qui ne connaissent pas de quelle utilité peut être son étude sérieuse. Nous engageons donc nos lecteurs, à faire toujours leur possible, pour que les sujets de fugue qu'ils inventeront eux mêmes, soient exempts du défaut trop commun, que nous venons de signaler.

§ III.
DU CONTRE-SUJET.

On donne ce nom à une partie écrite en contre-point renversable à l'8.^{ve} et entrant à quelques distances du sujet principal.

Pour qu'un *contre-sujet* soit bien fait, il doit ne rappeler en rien la forme du sujet, et n'avoir avec lui que des rapports de modulation.

Nous avons dit page (71) que l'on avait la faculté d'écrire depuis un jusqu'a trois contre-sujets sur un sujet de fugue; ajoutons que cette riche superposition de motifs différents et fécondée par un motif unique, ne peut avoir lieu que si la fugue est écrite à 3 et 4 voix. Ainsi à deux voix, il ne peut y avoir qu'un contre-sujet; à trois voix on peut en mettre deux, et enfin, à quatre parties, il est loisible d'en écrire trois; quoique le plus ordinairement, on n'écrive qu'un seul contre-sujet pour les fugues à 2 et 3 voix; et que deux contre-sujets seulement pour celles à 4 parties.

Certains sujets principaux s'opposent quelquefois à ce qu'on écrive plus d'un contre-sujet, et même, lorsque la fugue est *simple* on s'abstient, non pas du contre-sujet obligé, mais on ne le combine pas en contre-point renversable à l'octave; et chaque fois que le sujet reparaît on lui donne un contre-sujet nouveau. Cette variation perpétuelle du contre-sujet est une des causes qui font rejeter de la pratique la fugue simple sur laquelle nous reviendrons en son lieu.

Enfin, toute fugue dans laquelle on fait usage d'un contre - sujet renversable ou de plusieurs contre-sujets simultanés, prend le nom de fugue *double, triple* ou *quadruple,* suivant le nombre de contre-sujets dont le motif principal est accompagné

EXEMPLE. *d'un sujet de fugue double à deux parties accompagné de son contre-sujet.*

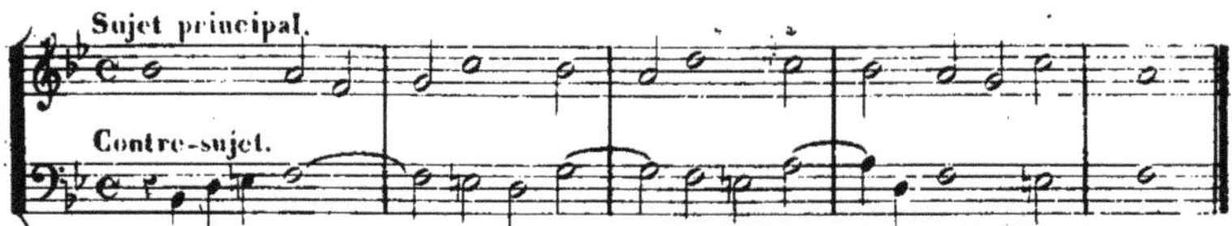

Même sujet accompagné de deux contre-sujets et formant une fugue à trois parties, ou *triple*.

Même sujet accompagné de trois contre-sujets et formant une fugue à quatre voix, ou *quadruple*.

Observons que, dans ce cas, deux contre-sujets peuvent s'imiter, afin d'éviter une trop grande confusion si chacun des contre-sujets avaient une physionomie trop dissemblable.

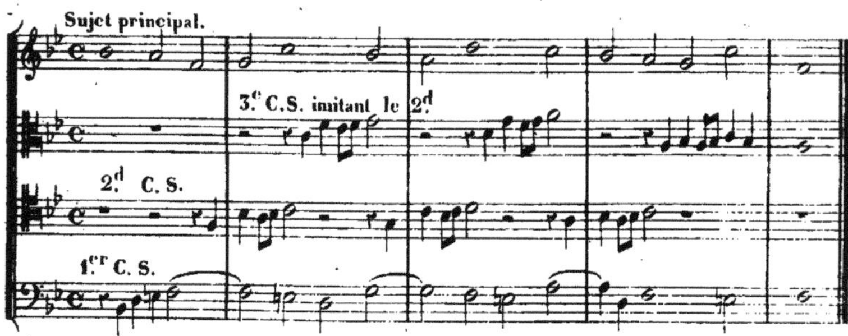

En pratique, on donne le nom de sujet au contre-sujet lui même. Ainsi, lorsque, dans un concours, on propose aux élèves une fugue à traiter à deux ou trois sujets, cela signifie que, sur le motif principal, imposé par le jury, ils devront combiner soit un ou deux contre-sujets.

Si le sujet principal commence en levant, on peut faire entrer le contre-sujet sur le temps fort de la mesure afin de combler le vide; mais dans ce cas, il faut que le contre-sujet fasse une note fondamentale corespondante à celle du sujet qui commence sur le temps faible.

Si dans le courant d'un sujet principal, il se rencontre des silences, le contre-sujet doit les remplir.

Enfin, le contre-sujet, étant un des agents qui donnent le plus d'intérêt à la fugue, parceque c'est dans lui que l'on cherche les différents développemens de cette composition, il faut apporter le plus grand soin à sa création.

§ IV.
DE LA RÉPONSE OU CONSÉQUENT DU SUJET.

Ce n'est que par assimilation que l'on donne le nom de *conséquent* à la *réponse* de la fugue, car, elle diffère d'un véritable conséquent d'imitation [1] par plusieurs points essentiels.

Le mot réponse, indique assez ce que la partie alternante avec celle qui a proposé le sujet doit faire pour remplir la signification de ce mot lui même. Ainsi donc, lorsque le sujet a commencé par la tonique, la réponse doit commencer par la dominante *et vice versa*. Si le sujet avait commencé par la tierce de la tonique la réponse ferait la tierce de la dominante. Mais ce n'est pas là seulement que se borne la marche nécessaire donnée à la réponse, elle doit toujours imiter à la quinte inférieure la totalité des notes du sujet s'il com-

---

[1] En imitation, le conséquent doit reproduire identiquement la forme de l'antécédent: en réponse au sujet de fugue, le conséquent subit souvent une ou plusieurs modifications. Plus loin on saura pourquoi.

mence par la dominante, et ne l'imiter qu'à la quarte supérieure
si c'est par la tonique qu'il débute. Dans tous les cas, la forme
rythmique du sujet principal (ou la valeur des notes) doit être
exactement imitée dans la *réponse*.

Une réponse ainsi faite, appartient au genre de *fugue réelle*;
c'est-à-dire fesant entendre les cordes principales d'un ton donné, et n'employant aucun accident pour moduler naturellement de
la tonique à la dominante

EXEMPLE. *d'un sujet de fugue réelle avec sa réponse*

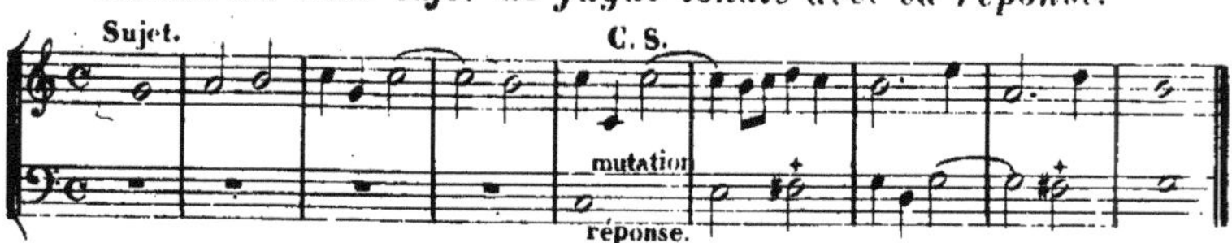

Cette sorte de fugue était la seule en usage à une époque où
la tonalité moderne n'était pas encore connue. C'est-à-dire, lorsque le *plain-chant*, par son système restreint et privé de modulations, fesait les frais de toute la poétique musicale. De nos
jours, on procède différemment: la modulation de la tonique
à la dominante (et vice versa), se fait au moyen de l'alteration
passagère de la quarte supérieure à la tonique, et l'on obtient par elle, la *fugue tonale ou fugue du ton*.

Seulement, cette modulation par la note sensible *apparente*
ou *écrite*, n'a lieu que vers la fin du sujet lui même; ce qui obli-
ge à faire un *changement* dans la réponse. Ce changement
est appelé *mutation*.

EXEMPLE *d'un sujet de fugue tonale avec sa réponse.*

Nota. La note sensible est marquée par une croix.

Afin de trouver la réponse d'un semblable sujet ou de tout autre espèce de sujet, on doit procéder de la manière suivante:

Après avoir répondu invariablement à la tonique par la dominante ou à cette dernière par la tonique, suivant le cas, on sur-
monte chaque note du sujet d'un chiffre représentant le dégré

que cette même note occupe dans la gamme de la *dominante* si le sujet y module, ou dans la gamme de la *tonique* si le sujet, y module également.

Après avoir fait ce travail préparatoire, on place à la *réponse* les notes réprésentées par les chiffres précédemment posés, mais dans le ton où la réponse module.

Cette reproduction des mêmes chiffres, explique pourquoi la réponse, quand le sujet module, doit éprouver une *mutation* dès son début.

Car, si cette mutation n'avait pas lieu, et que l'on répondit note pour note au sujet, on sortirait du ton, et loin de terminer la *réponse* dans le ton où le sujet a commencé, comme dans l'exemple précédent, elle aboutirait au ton de 4.me dégré.

Cette réponse est impraticable, parceque 1.° le ton principal, (celui d'UT) est détruit avant que d'avoir été assez posé, 2.° Elle est impraticable, parceque le sujet ne peut rentrer sur la dernière note de la réponse, tandis que cette dernière doit entrer sur la note finale du sujet. Car nous observerons une fois pour toute, qu'il y a peu de cas où la réponse n'entre pas sur la dernière note du sujet.

Voici l'exemple d'un sujet de fugue allant de la tonique à la dominante, et auquel on a appliqué le calcul des intervalles afin de trouver la véritable réponse.

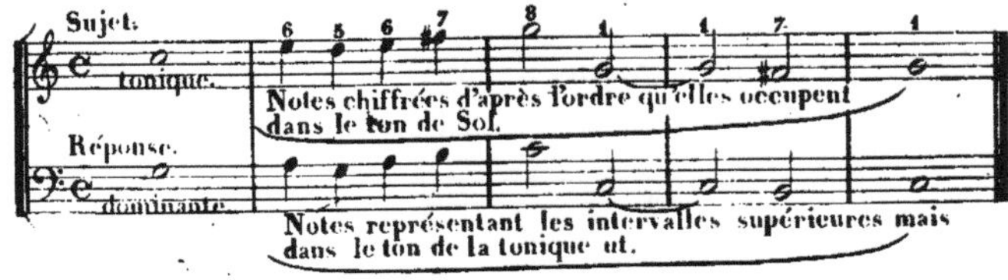

Le *Contre-sujet* subit la même mutation que la réponse, et pour le transposer il faut faire un calcul d'intervalles tout semblable.

Si la mutation n'a lieu qu'à la fin de la réponse, on donne à la fugue le nom d'*irrégulière*. Dans ce cas, c'est toujours, comme dans l'avant dernier exemple, par la tonique que le sujet de fugue doit commencer; mais ce qui différencie celui qui suit d'avec le précité c'est, comme nous venons déjà de le dire, la mutation qui n'a lieu que vers la fin de la réponse.

EXEMPLE.

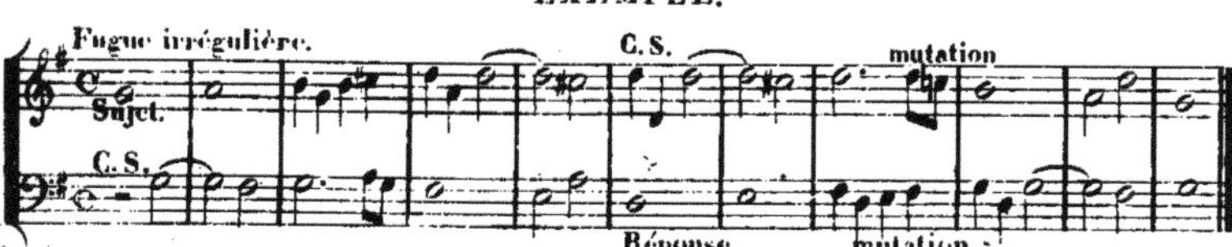

Dans ce cas, on répond intervalle pour intervalle dès le début, c'est-à-dire à la 4.te inférieure ou à la 5.te supérieure selon que le sujet a été proposé par la partie haute ou basse; et ce n'est qu'au moment où le sujet module à la dominante, que la réponse doit, pour ne pas sortir du ton, moduler à la tonique; ainsi que cela a été pratiqué dans l'exemple précédent

Ajoutons encore à propos du calcul des intervalles, que si le sujet débute en répétant deux fois la dominante, il ne faut calculer les intervalles qu'à partir de la troisième note du sujet (et dans le ton où finit le sujet lui même) Ex: 1; mais que si le sujet débute en répétant deux fois la tonique, le calcul doit être fait à partir de la première tonique. Ex: 2.

EXEMPLE 1.

Réponse.
en regard.

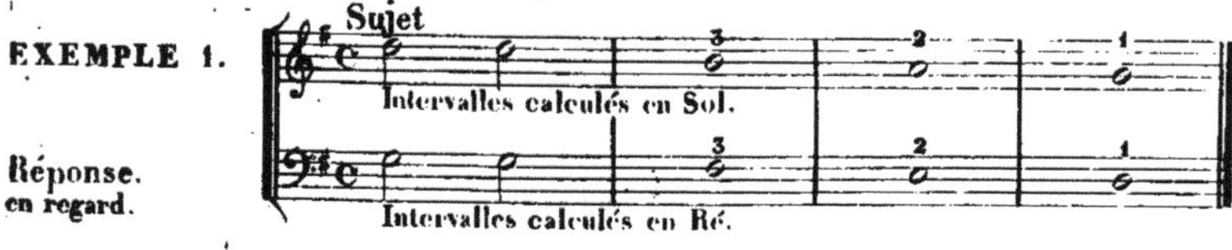

6.

EXEMPLE 2.

Réponse.

Ces deux règles sont invariables.

On a dû remarquer que la dominante du ton occupant la moitié de l'octave de la tonique, c'est toujours vers la tonique ou la dominante qu'un sujet de fugue gravite ainsi que sa réponse; et que vouloir dépasser cette octave, soit en haut ou en bas, c'est sortir du ton lui même, et par conséquent, s'exposer infailliblement à manquer la réponse, en détruisant l'unité totale.

Lorsqu'un sujet commence et finit dans le même ton, la réponse ne peut entrer sur la dernière note du sujet. Dans ce cas, on ajoute quelqués notes au sujet lui même afin de le faire moduler dans le ton par lequel doit entrer la réponse. Ces quelques notes ajoutées prennent le nom de *coda*, ou queue Ex.

EXEMPLE.

Remarquez que dans le courant de la fugue, on reproduit la *coda* à la réponse, et que, elle subit la mutation aussi bien que tel passage de la réponse ou du contre-sujet.

Certains sujets tels que celui dont on va donner l'exemple, semblent finir dans le ton par lequel ils ont commencé, ce qui porterait au premier coup d'œil, à faire une coda; avant de procéder ainsi, on doit chercher si dans le courant du sujet la réponse ne pourrait pas entrer naturellement. Car ces sujets, d'une longueur remarquable, sont formés du sujet lui même et de son contre-sujet ajouté comme une espèce de longue coda. Il va sans dire que ce contre-sujet (coda) se reproduit à la réponse.

EXEMPLE d'un sujet de ce genre.

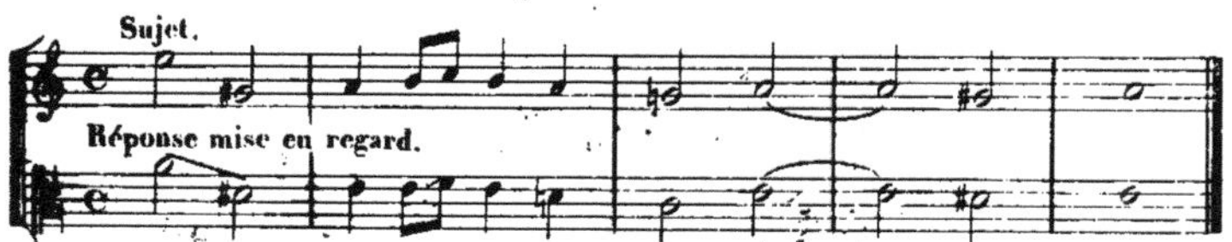

Quand un sujet est en mineur, la réponse cause quelquefois beaucoup d'embarras, parcequ'outre qu'elle doit être en mineur, comme le sujet, il arrive quelle *chante* bien moins bien que lui. Dans ce cas, on doit choisir pour réponse le trait mélodique qui chante le mieux, tout en lui conservant pourtant la forme rythmique du sujet.

EXEMPLE sujet en LA mineur.

Le saut de *quinte diminuée* (marqué d'un trait à la réponse) n'est pas très facile à chanter; afin de ne pas le produire, on pourrait à la rigueur, répondre par un saut de sixte mineure, mais alors, la tierce du ton principal se trouverait rendue majeure passagèrement, ce qui jetterait une grande perturbation dans la tonalité générale.

Voici cette nouvelle réponse fautive: elle viole la règle, mais elle est plus mélodieuse. C'est au goût du lecteur à décider laquelle des deux est la meilleure. Ajoutons qu'en style instrumental, la 1ère réponse devrait être préférée.

2de Réponse.

Observons que dans la réponse, on s'attache toujours à reproduire les demis tons essentiels au ton dans lequel on écrit. Ces demi-tons sont ceux qui, dans la gamme diatonique majeure se trouvent du 3e au 4e et de 7e au 8e dégrés, et dans la gamme diatonique mineure, de 2d au 3e et de 7e au 8e dégrés

EXEMPLE *de deux sujets majeur et mineur*
dans lesquels les demi-tons essentiels sont employés.

Ainsi donc, dans la fugue *irrégulière* et *tonale* [1] les demi-tons se correspondent exactement, et se transposent à la réponse dans le ton de la dominante, au premier cas, et dans celui de la tonique au second.

Lorsqu'un sujet est chromatique on ne doit pas répondre chromatiquement s'il commence par la dominante, mais bien chercher quel est le radical du sujet lui même, et y répondre en imitant toutefois le rythme du sujet chromatique.

EXEMPLE

Reproduction du sujet chromatique précédent, avec sa réponse.

Sujet.
Réponse.

* On a dû imiter le mouvement chromatique de la 2.de mesure du sujet parceque le bémol accidentel affectant une corde essentielle au ton (la 5.me) il faut, dans la réponse que l'intervalle correspondant soit également baissé d'un demi ton passager.

___

(1) C'est-à-dire dont le sujet commence par la tonique.
(2) Ce La ♮ est une note de passage.

Si le sujet commence par une gamme chromatique ascendante, on répète l'expérience précédente, en ayant soin de n'imiter chromatiquement que les intervalles essentielles à la tonalité.

EXEMPLE *d'un sujet chromatique assendant*
de son radical et de sa réponse exacte.

Sujet.

Radical.

Réponse.

Quoique bien répondu, ce sujet est très ingrat et donnerait beaucoup d'embaras si l'on voulait le traiter.

La pratique, qui donne seule l'expérience, enseigne une foule de choses qui n'ont pu être signalées ici, parcequ'elles importent peu au corps de doctrines professé dans ce livre.

§ V
DE L'EPISODE ([1])

Une fugue, dans laquelle on reproduirait sans cesse le sujet, sa réponse et le contre-sujet présenterait fort peu d'intérêt parcequelle fournirait une trop courte carrière. On a donc imaginé, à l'exemple des épisodes oratoires, des épisodes musicaux: mais, la mélodie ayant une forme qui se prête à être reproduite sous différents aspects d'imitations plus ou moins directes, le compositeur, a l'avantage sur l'orateur, de pouvoir donner une grande unité entre ses épisodes et une partie quelconque du sujet, de la réponse ou du contre-sujet. Cette faculté qui pratiquée en rhétorique fatiguerait extremement les auditeurs par des répétitions inutiles, devient, en composition, un élément nouveau rempli d'intérêt, riche en contrastes, lorsqu'une plume habile sait l'appliquer avec goût, élégance et sentiment.

Les épisodes peuvent se faire soit en contre-point simple soit en contre-point double ou renversable. C'est toujours avec une parcelle du sujet de la réponse ou du contre-sujet, que l'on produit

---

([1]) Appelé aussi *divertissement*, au Conservatoire de musique de Paris.

l'épisode. Pourtant, on n'est pas astreint à imiter servilement le fragment de fugue dont on veut se servir pour faire un passage épisodique. C'est toujours la forme de l'imitation que l'on choisit plutôt que celle de contre-point fleuri lorsque surtout, on fait des épisodes longs et à plus de deux parties.

Voici de quelle manière il faut procéder pour établir les motifs d'épisodes lorsqu'on veut les former avec des parcelles du sujet de la réponse ou du contre-sujet. On écrit d'abord les trois parties fondamentales du début d'une fugue que nous supposerons ici, être à quatre parties, afin de varier les ressources présentées au compositeur.

Lorsque les contre-sujets ont été établis sur le sujet; que la réponse à fait son entrée accompagnée des mêmes contre-sujets mais transposés nécessairement, on sépare chaque fragment de phrase, et avec lui on imagine une imitation en le fesant son antécédant passager.

EXEMPLE *d'un début de fugue à 4 voix ayant deux contre-sujets.*

____

(1) Donné au concours de l'Institut de France (en 1834). Il est de feu M.r F. PAËR.

Chaque mesure de ces différents sujets peut devenir l'antécédent d'une imitation ou le motif d'un contre-point simple ou double. Nous allons procéder à ces fractionnements en commençant par le sujet principal; puis, nous ferons de même à l'égard des contre-sujets et de la réponse.

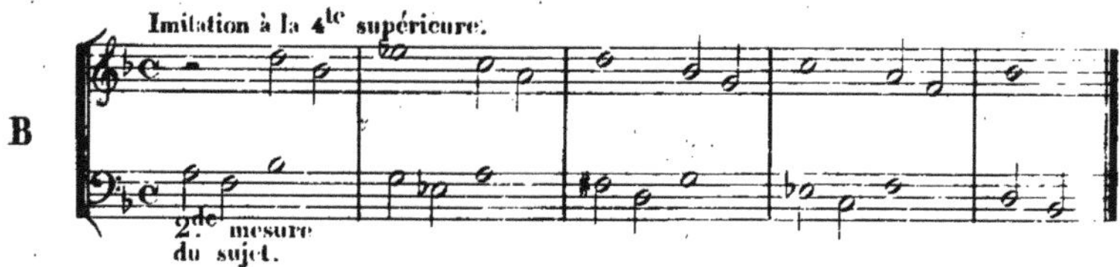

(*Nota*) **Remarquez que l'on a la faculté de placer, n'importe à quelle partie haute tel fragment de sujet qui, primitivement avait été exécuté par une partie grave, *et vice versa*.**

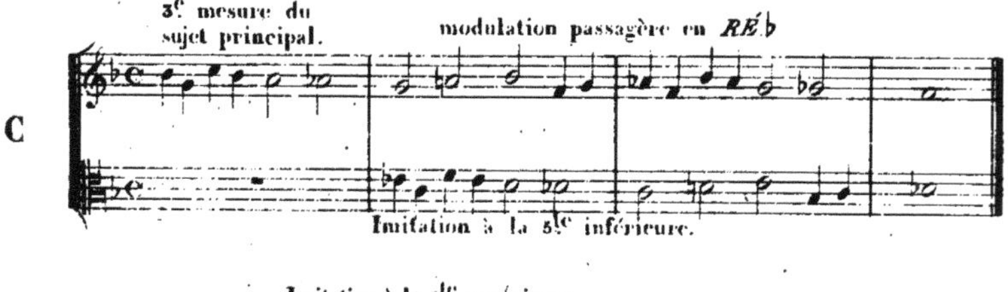

Quelques sujets, et le précédent est de ce nombre, permettent de formuler une imitation ou un canon avec deux mesures du sujet, de la réponse ou du contre-sujet entendus simultanément.

EXEMPLE *d'une imitation à la 5.te supérieure, à la 4.te et à l'8.^{ve} inférieures alternativement formée avec la 3.me et la 4.e mesure de la réponse et une parcelle du 2.e contre-sujet.*

Voici maintenant un nouveau travail analogue, fait d'abord, avec la 1.re mesure de la réponse.

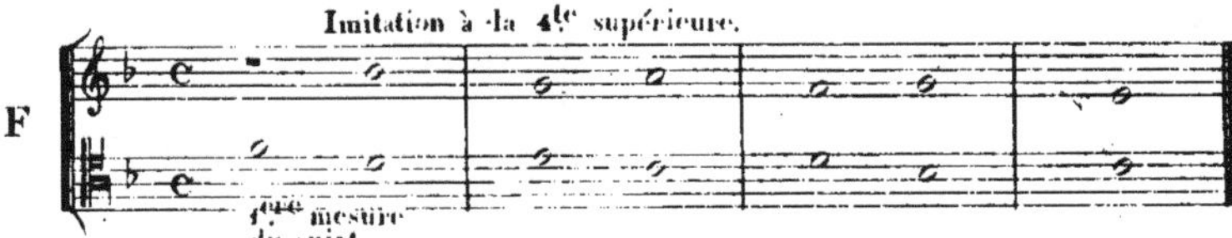

Mais, lorsque la parcelle de sujet que l'on veut traiter est en notes longues comme dans l'exemple précédent, il faut mieux amoindrir leur valeur soit de moitié ou du quart. EX: 1 et 2.

Nous allons présenter enfin, des motifs d'épisodes pris dans le 1.er contre-sujet, puis dans le second.

On peut également écrire des progressions imitatives soit avec deux parcelles des contre-sujets EX: 1; soit avec l'un de ces deux derniers et une parcelle du sujet ou de la réponse. EX: 2.

Dans l'EX: 1 il n'y a qu'une double progression mélodique, tandis que dans l'EX: 2 il y a tout à la fois progression et imitation: ce qui doit faire préférer ce dernier travail au premier.

EXEMPLES *d'imitations faites avec deux parcelles du 1er et du 2d contre-sujet.*

Autre imitation faite avec la 2.de mesure du 2.d contre-sujet.

Imitation faite avec la 3.me mesure du contre sujet.

La deuxième mesure du 2.d contre-sujet et la 3.me mesure du sujet peuvent être traitées ainsi comme épisodes. **EX:**

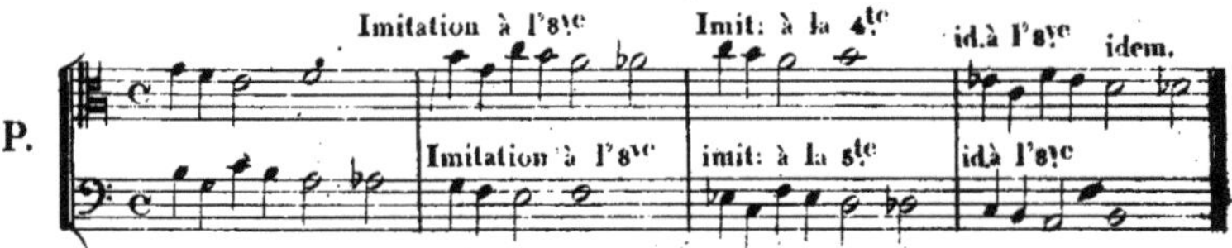

Imitation formée avec la 3.me mesure du 2.d contre sujet
et la 4.me mesure du sujet.

Le sujet et la réponse présentent aussi une imitation en fesant se succéder la première mesure de chacun d'eux; mais il ne faut pas établir d'épisodes avec cette sorte d'imitation parceq'elle empiéterait sur l'entrée de la stretta.

Cette règle sera expliquée plus loin, dans une section spéciale.

Voici une imitation faite avec la 1.re mesure du 1.er contre-sujet de la réponse, et la 1.re mesure du 1.er contre-sujet de début, lors de l'entré du sujet.

On peut également faire des imitations par mouvement contraire et en puisant le motif dans les sujets ou contre-sujets.

S. 1ᵉʳ C.-S. de la réponse.

Nous observerons, en terminant cette section, que l'on doit éviter de trop prolonger une progression d'imitation servant d'épisode, mais varier autant que possible sa forme, afin d'éviter d'être froid et monotone; ce qui nuirait beaucoup à la marche facile, élégante et naturelle que doit avoir la fugue en général. Ajoutons que les motifs d'épisodes doivent plutôt être pris dans des parcelles de contre-sujet que dans le sujet lui même, parceque ce dernier a, toujours nécessairement, une phisionomie tranchée, qu'il est reproduit sans cesse dans le courant de la fugue, et qu'enfin, il en est le motif, et que ce serait nuire à ses différentes repercussions que d'user l'attention des auditeurs en leur donnant des semblans d'entrée de la fugue elle même. C'est surtout vers la première partie de la fugue, qu'on doit éviter d'employer des parcelles tirées du motif principal; vers la fin de cette composition, il est permis, et même bien, de se servir de la tête du sujet pour faire des canons des imitations libres etc. ainsi que cela sera expliqué plus loin.

§ VI

DES MODULATIONS DE LA FUGUE

Avant d'indiquer aux lecteurs sur quels dégrés de la gamme mineure ou majeure on doit répercuter le sujet principal, ses contre-sujets et sa réponse, il ne sera pas inutile de leur parler des règles qui concourent à produire *l'unité* tonale; trop peu observée de nos jours, non seulement dans les compositions, légères ou libres mais aussi dans celles d'un style sévère et tenant davantage aux spéculations élevées de la science.

Si, comme on l'a remarqué précédemment, le compositeur doit faire tous ses efforts pour donner les plus grands développemens possibles à *l'unité mélodique*, on comprendra facilement que *l'unité tonale*

exige aussi impérieusement d'être respectée sous peine de jeter de
la confusion dans la fugue toute entière. La fugue! symbole de
l'unité, de la conduite, du style et de toutes les richesses de l'art
musical, n'importe sous quelle forme il traduise l'inspiration poè-
tique du compositeur.

En effet, si l'on sort des cordes du mode et du ton choisi
pour écrire une fugue, en parcourant des gammes absoluments é-
trangères, le retour obligé vers la tonalité principale lors de la
conclusion de la fugue, paraîtra étranger lui même à son tour; et
l'auditeur, à son insu écoutera sans intérêt quelque soit dailleurs
le mérite intrinsèque de la facture générale du morceau.

Les tons relatifs à un ton majeur arbitrairement choisi sont
ceux qui se trouvent sur chacun de ses cinq premiers dégrés, en
les exécutant sans altérer leur tierce naturelle; ceux relatifs à un
ton mineur également choisi, se trouvent sur les 3.ᵉ 4.ᵉ, 5.ᵉ, 6.ᵉ et 7.ᵉ dégrés
en observant, comme pour la gamme majeur, de ne pas altérer les
tierces de ces cinq dégrés considérés chacun comme autant de nouvelle tonique. On sait que la quinte fausse du 7.ᵉ dégré du ton majeur
et celle du 2.ᵈ dégré du ton mineur interdissent d'y placer l'accord
parfait; c'est par cette raison que ces 2.ᵈ et 7.ᵉ dégrés ne peuvent être
considérés comme toniques, et que, si on rend leur quinte juste ce
n'est que pour les changer en accords de dominante afin de moduler
sur une tonique naturellement relative à la gamme principale.

Quoique l'on puisse, à la rigueur, moduler sur les dégrés dont
nous venons de faire l'énumération, on a été obligé de faire
un choix parmi eux, afin de fixer les élèves sur ce qu'ils doivent
faire lorsque la fugue en est arrivée au point où, la variété exige qu'une nouvelle gamme vienne prendre la place de la gamme
principale.

Voici, en peu de mots, quels sont les tons dans les quels on
doit moduler le sujet.

Si le sujet est majeur, on modulera au ton mineur relatif, c'est-à-dire sur le 6.ᵉ dégré; puis, on modulera une seconde fois, mais sur le 4.ᵉ dégré, portant naturellement tierce
majeure.

Si, aucontraire, le sujet est mineur on modulera au sixième dégré,(le majeur relatif)et, en suite, on modulera sur le 4.ᵉ dégré, portant tierce mineure, naturellement.

Cependant, il est de certains sujets qui s'opposent à être bien traités soit en majeur s'ils étaient en mineur, et vice versa.C'est surtout la réponse qui offre des difficultés, soit parcequ'elle chante mal, soit parcequ'elle sort de la tonalité générale: dans ce cas, on peut, après avoir fait entendre le sujet, le faire suivre d'un petit épisode qui mène alors dans un ton où la réponse est praticable,et dans ce nouveau ton, on la produit. Cet artifice cause souvent beaucoup d'effet.

Dans l'un ou l'autre mode on ne module jamais au ton de la dominante, parcequ'il arriverait que le sujet transposé ainsi violerait l'unité tonale. Afin de remédier à ce défaut,on emploie le procédé ci-dessus indiqué après avoir proposé soit le sujet ou la réponse, suivant que l'un ou l'autre se trouve être naturellement dans un ton relatif.

EXEMPLE d'un sujet en ut majeur, modulé ensuite au ton de sa dominante, mais changeant le ton de la réponse,au moyen d'un petit épisode,afin de ne pas détruire l'unité tonale.

Même sujet modulé en sol, mais ayant sa réponse transposée en ré mineur.

Si la véritable réponse du ton de sol avait été faite elle eut donné la tonalité de RÉ majeur (avec 2#) qui n'est pas relative de celle d'ut majeur, ton général de la fugue dont le sujet a été posé plus haut.

Cette démonstration est la même quant au ton mineur lorsque l'on veut moduler sur la dominante de ce mode; et l'épisode, placé entre le sujet et la réponse est d'un secours efficace pour rompre ce nœud gordien harmonique.

Dans le courant d'une fugue, et afin de parcourir le plus de tons possible sans faire entendre, dans chacun d'eux, ou le sujet ou la réponse, on use aussi quelquefois de l'épisode modulant placé après le sujet; et alors, la réponse se fait dans un autre ton que celui attendu.

D'autrefois aussi au lieu de moduler en suivant l'ordre du début, c'est-à-dire en fesant entendre le sujet et la réponse, on procède dans le sens inverse. Cette disposition jette du piquant dans la modulation.

Ajoutons que les contre-sujets primitivement établis sur le sujet principal de la fugue et transposés sur sa réponse, doivent être *identiquement* reproduits lors des modulations passagères du sujet et de la réponse.

On est libre aussi, surtout lorsque la fugue est écrite en mesure double, de faire commencer le sujet modulé au temps levé, quoiqu'au début il ait commencé au temps frappé. Ajoutons que lorsque le sujet a une coda, on est obligé de faire entrer la réponse au temps levé tandis que le sujet entrait au temps frappé.

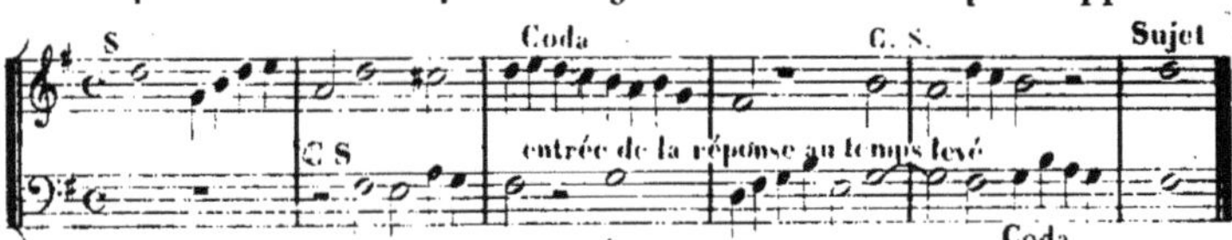

Il est encore une autre licence que l'on peut prendre lorsque le sujet, en mineur ou en majeur, se refuse par sa forme, sa marche harmonique necessaire etc. à être modulé dans un mode inverse. Cette licence consiste à ne moduler dans l'un des tons relatifs que la tête du sujet, ou sa première mesure, et de changer le reste; mais alors le sujet ne présente plus guère d'autre intérêt que celui d'un épisode.

Voici l'exemple de deux sujets l'un majeur l'autre mineur, qui par leur caractère mélodique s'opposent à être modulé dans une gamme contraire.

Sujet majeur.

Transposition en   mineur.
Ex: 1.

Sujet mineur.

Transposition en majeur.
Ex: 2.

Le MI ♯ du 1.er exemple et le SOL bémol du second, étant enhar-moniques avec la note qui suit chacun deux, il advient que les transpositions en mineur et en majeur de ces deux sujets sont impraticables, et que, dans ce cas, il faut se contenter de traiter épisodiquement la *tête* du sujet mais non pas le sujet tout entier, comme cela a été dit plus haut.

Ajoutons que si le sujet a une certaine étendue il est permis de le mutiler dans ce cas; c'est-à-dire de retrancher la mesure qui était impraticable dans le mode contraire.

EXEMPLE dans lequel la troisième mesure du sujet de fugue précédent est tronquée afin de pouvoir le moduler en majeur.

C'est par l'art avec lequel on parvient à jeter de l'intérêt dans les épisodes de la fugue qui servent d'ailleurs à lier les différentes entrées des sujets et ses modulations, que la *conduite* de ce genre de composition acquiert la plus grande perfection, n'importe à quel espèce de voix ou d'instrumens le système fugué soit appliqué.

Lorsque les modulations relatives de la fugue ont été établies, on module de nouveau au moyen de l'épisode, afin d'arriver le plus naturellement possible au ton de la dominante du motif principal ou primitif. Ex. 1. Si, pourtant, on le veut, on peut s'arrêter sur tout autre accord. Ex. 2. mais alors, il faut que ce même accord soit toujours parfait majeur, et produise, par l'entrée du sujet, une transition d'un effet bien tranché et dont l'emploi a pour but de donner un nouvel intérêt à la répercussion du sujet traité alors en **stretta** comme nous allons l'expliquer dans la section qui suivra nos **2** exemples.

EXEMPLE 1. Repos sur la dominante du ton principal afin de préparer l'entrée de la stretta.

EXEMPLE 2, Repos sur l'accord parfait majeur posé sur le 3e dégré, et produisant une transition par l'entrée du sujet précédent écrit en UT majeur.

Même sujet

§ VII

DE LA STRETTA.

On donne ce nom italien *stretta*, qui signifie *serrée*, à la répercussion rapprochée du sujet et de la réponse de la fugue. Lorsqu'un sujet principal est bien disposé, sa strette est toujours facile. Comme le but de la strette est de servir de résumé ou de péroraison à la fugue entière, elle ne doit que présenter un résumé du sujet et de la réponse: c'est-à-dire, la rentrée des 1.ères mesures de chacun d'eux. Cependant, si les contre-sujets peuvent se traiter simultanément en strette avec les sujets, on doit le reproduire aussi. Cette double audition des uns et des autres, cause toujours un excellent effet.

Certains sujets donnent une stretta canonique; d'autres sont tellement ingrats, qu'on ne peut en reproduire qu'une seule mesure, celle du début; autrement dit, la tête du sujet. C'est au goût du compositeur à savoir ce qu'il doit faire dans ce cas. Vouloir, malgré la forme du sujet lui donner une répercussion complète et *rapprochée* condition essentielle de toute strette, serait tenter l'impossible: il vaut donc mieux ne faire qu'une imitation avec la première mesure de l'antécédent et de son conséquent. À plus de deux parties, ce procédé peut produire un effet très satisfésant.

EXEMPLE *d'une strette à deux parties* dont le sujet déjà donné, a servi aux demonstrations de la section V.ᵉ de ce chapitre.

Après avoir établi la strette, on fait un petit épisode et on la renverse, afin d'imiter en tout point, la marche du sujet et de la réponse lors du début de la fugue.

Reprise de la dernière mesure et suite de l'exemple précédent.

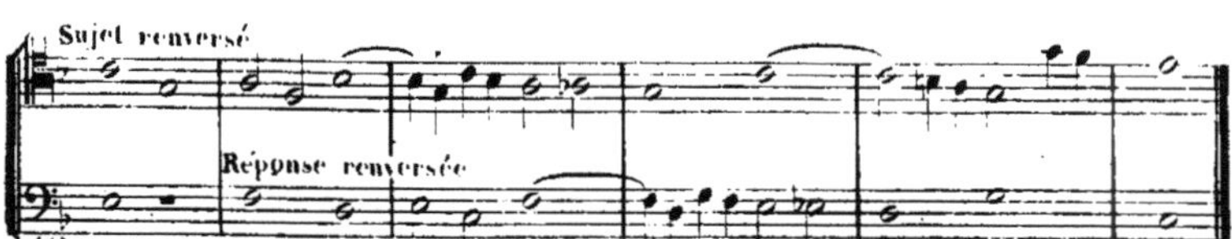

(¹) La forme heureuse du sujet de F. Paër, permet de faire une imitation à la 4.ᵈᵉ supérieure entre le sujet et sa réponse. Au renversement, cette imitation se fait naturellement à la 5.ᵗᵉ inférieure.

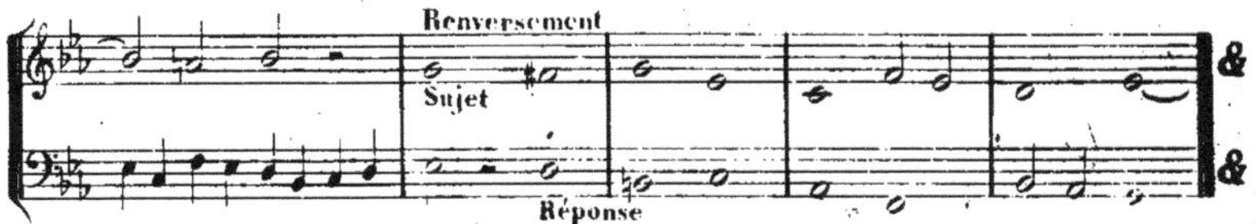

Après le renversement de la stretta, on peut écrire un nouvel épisode et faire ensuite une stretta plus serrée si le sujet s'y prête. Cette 2.de stretta se renverse également.

EXEMPLE: (suite du précédent.)

§ VIII

DE LA PÉDALE

La pédale, est une tenue qui se fait soit sur la tonique, soit sur la dominante du ton principal de la fugue. Ordinairement, on ne la pratique que sur ce dernier dégré.

Il faut préparer et résoudre la pédale. C'est-à-dire que le premier accord et le dernier doivent avoir pour fondamentale consonnante la note de la pédale, et que ce n'est qu'entre ses deux extrémitées que l'on peut faire des accords étrangers à la note qui la tient à la basse: seule partie, où la pédale doit être placée vers la fin de la stretta.

(¹) Ce sujet commence par la 3.^{ce} de la tonique (Mi♭): ce cas est assez rare.

Si la pédale se fait sur la tonique, ce n'est que comme *conclusion* qu'elle doit être formulée; tandis que, si on la fait sur la dominante, c'est avant cette *conclusion*, dont nous allons parler bientôt, qu'on la fera entendre.

Il est inutile d'observer que la pédale ne peut être pratiquée que dans une fugue à trois voix et plus, à moins pourtant, que la fugue ne soit destinée à deux instrumens dont l'un des deux possède la faculté d'exécuter des accords en arpèges. Dans ce cas, la fugue quoique écrite à deux parties, peut s'enrichir de la pédale; tandis qu'a deux voix, ce serait impossible à cause de l'effet dur que produirait la mélodie exécutée sur la pédale qui, vers son milieu, est une véritable tenue dissonnante exigeant, pour l'attenuer, qu'une troisième voix fasse un remplissage harmonique. On peut aussi y faire des canons tires des sujets et des contre-sujets. Ceux-ci, peuvent également y être reproduits; une stretta plus serrée que la première y cause également un bon effet: tout dépend de la forme plus ou moins mélodique du sujet et des contre-sujets. Quelquefois, on se contente de faire une imitation simple ou double sur la pédale.

Ajoutons, qu'après la 1.re strette la pédale doit être amenée naturellement par un épisode modulant à la dominante si c'est sur ce dégré qu'on veut l'établir mais, si c'est sur la tonique, la conclusion y conduit naturellement.

EXEMPLE d'une pédale à 2. parties, exécutée par deux instrumens à vent dont le plus grave fait l'harmonie de la pédale en arpège tandis que le 1.er exécute le sujet et la réponse de la fugue.

Remarquez que le SOL pédale, est frappé à chaque instant par la note la plus grave de l'arpège de clarinette.

EXEMPLE *d'une pédale vocale, à trois parties.*

Lorsque la fugue vocale est placée sur des paroles il vaut mieux faire la pédale syllabique, c'est-à-dire marquant les temps, que de la traiter en tenue; parceque les notes prolongées sont difficiles à soutenir longtemps, et qu'elles jettent beaucoup de froid dans une composition de cette espèce.

La pédale à quatre, cinq, six parties et plus, est soumise aux mêmes règles que la pédale à trois voix.

§ IX

DE LA CONCLUSION DE LA FUGUE.

Après avoir renversé la strette lorsque la fugue n'est qu'à deux voix, on fait une imitation ou un canon avec le sujet ou l'un des contre-sujets, et l'on termine en fesant une cadence parfaite, suivie ordinairement de la cadence plagale précédant la tonique finale, que l'on rend majeure si la tonalité générale était mineure.

Lorsque la fugue est à trois voix et plus, on fait un épisode en imitation après la pédale sur la dominante, et même, c'est toujours la basse qui prépare l'antécédent. Cette disposition est meilleure parceque la basse, à laquelle la pédale est affectée, n'ayant pas chanté depuis longtemps, doit nécessairement produire plus d'effet lorsqu'elle reparaît avec l'un des motifs principaux.

Si la pédale se fait sur tonique la conclusion à lieu avant elle, ou plutôt sur elle même. Dans l'un et l'autre cas on termine toujours par la cadence parfaite.

EXEMPLE *d'une conclusion après la pédale faite sur la dominante*

CHAPITRE SECOND

§ I

DE LA FUGUE À DEUX PARTIES.

Le début d'une fugue s'appelle *l'exposition*; ses épisodes et ses modulations la *conduite*; sa strette, sa pédale et sa conclusion, la *péroraison*.

L'Exposition n'a pu jusqu'ici être développée longuement, parcequ' elle n'est pas traitée de même lorsque la fugue est à deux à trois ou à quatre parties et plus. Indiquer d'abord à nos lecteurs les différentes variétés d'expositions c'eut été surcharger inutilement leur mémoire; mais, maintenant qu'ils connaissent les différentes phases qui constituent la fugue en général, nous allons leur indiquer la manière d'écrire et de conduire une fugue depuis le plus petit nombre de parties, jusqu'au plus grand; et nos démonstrations seront suivies d'exemples notés et accompagnés d'explications sommaires chaque fois que cela sera jugé important.

Voici comment l'on procède pour faire l'exposition d'une fugue à deux voix.

1.re PARTIE DE LA FUGUE. L'une des voix ou instruments exécute d'abord le sujet (A) tandis que la seconde partie compte des pauses; puis, sur la dernière mesure du sujet lorsqu'il termine régulièrement, ou dans le cas contraire, après la *coda*, la seconde partie fait l'entrée de la réponse; (B) alors la première partie fait le contre-sujet sur la réponse; (C) lorsque celle-ci est terminée, les deux voix exécutent un épisode peu développé; (D) cet épisode en jetant de la variété dès le début doit amener naturellement la partie qui a fait le sujet à repercuter la réponse; (E) sous cette dernière, la 2.e partie repercute le contre-sujet renversé à l'octave. (F) Ici finit l'exposition.

Si le sujet n'est pas trop long, on peut faire une *contr'-exposition*. Elle consiste à faire répéter la réponse et le sujet aux deux parties mais, dans l'ordre inverse; en ayant soins de précéder cette répétition d'un épisode beaucoup plus long (G) que le premier (lettre D). Cette contre-exposition à l'avantage de présenter le contre-sujet dans le ton principal, mais exécuté cette fois, par la partie qui n'avait pas proposé le sujet au début de la fugue.

EXEMPLE de l'exposition et de la contre-exposition d'une fugue à deux voix, dans laquelle tout ce qui vient d'être enseigné est mis en pratique.

On aurait pu faire entrer, dès le début, le contre-sujet sur le sujet; mais alors, la réponse eut produit moins d'effet. c'est pour cette raison que l'on s'en est abstenu. Nous observerons aussi, que chaque nouvelle entrée du sujet ou de la réponse après le contre-sujet ou l'épisode, ne doit se faire qu'en fesant compter un petit silence à la voix qui doit repercuter soit le sujet ou la réponse

Cette règle à été mise en pratique dans l'exemple précédent. Il serait à désirer qu'on put la suivre à l'égard de l'entrée du contre-sujet lui même. Ajoutons enfin, que l'on peut même se priver de faire entendre la ou les dernière notes du contre-sujet lorsque la voix qui en était chargé doit attaquer *ex abrupto* le sujet ou la réponse. Cette dernière précaution, ainsi que la précédente, ne sont prises qu'afin de donner plus d'effet à la répercussion des motifs essentiels.

2.me PARTIE DE LA FUGUE Lorsque la contre-exposition est terminée on fait un long épisode (I) servant à moduler au mineur relatif si la fugue est en majeur ou au 6e dégré (avec 3.ce majeure) si la fugue est dans le mode contraire. Puis, on reproduit

---

(1) On peut baisser ou hausser une parcelle du sujet ou de la réponse, lorsque, par le renversement des parties cette même parcelle se trouve être trop haute ou trop basse relativement à la nature de la voix qui doit l'exécuter.

(2) Même remarqué.

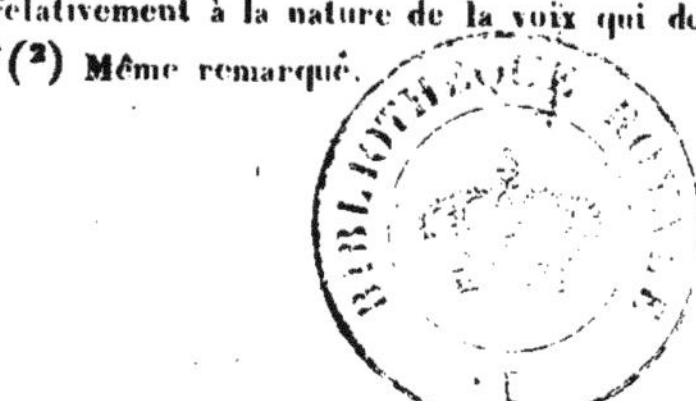

exactement dans le ton nouveau le sujet avec le contre-sujet et la réponse avec le contre-sujet nécessairement transposé (J).Il faut, autant que possible, que la voix qui à proposé primitivement le sujet ne fasse pas sa répercussion dans le nouveau ton, mais bien plutôt placer le motif à la voix chargée antérieurement de la réponse.

Suite de l'exposition précédente, la dernière mesure reproduite afin de proposer le motif d'épisode qui n'a été qu'indiqué sommairement à la fin du sujet (page 101)

(Suite de la 2.ᵉ partie de la fugue) Un épisode nouveau (K) et différent du précédent, sous le rapport de la forme du dessin mélodique, mène ensuite au 4ᵉ dégré, afin de reproduire le sujet en majeur si la fugue est majeure, et en mineur si elle est mineure (L).Arrivé dans ce ton relatif, on n'est pas tenu d'y faire entendre suécesivement et le sujet et sa réponse; on peut donc les séparer par un petit épisode, ou même ne faire entendre que le sujet ou la réponse; après quoi, la partie qui n'a pas proposé, répercutera le sujet ou la réponse suivant le cas, dans un ton différent quoique pourtant toujours relatif. Cette inversion modulante est susceptible d'un grand effet si on la prépare avec goût, et surtout, si le sujet, par sa forme chantante est bien reconnaissable dès la première mesure. Il est inutile de répéter que le contre-sujet primitif doit être également transposé dans le ton où le sujet est représenté.

3.e PARTIE DE LA FUGUE. On fait, de nouveau un long épisode soit au moyen d'une imitation tirée du sujet ou du contre sujet, soit en modulant le sujet lui même dans différents tons relatifs encore non entendus. Mais dans ce cas, il faut, afin de donner plus de piquant à la réponse, ne pas la faire dans le ton nouveau du sujet mais plutôt dans un ton inattendu. C'est au moyen d'un petit épisode que cette modulation se prépare. (N)

Ajoutons que la troisième partie de la fugue doit se terminer par un repos sur la dominante du ton principal (O) afin de préparer la stretta. (2)

(M) Épisode conduisant à la réponse du sujet en mineur sur le 2.d degré et de là à sa stretta.

---

(1) La seconde partie de la fugue dont il vient d'être donné un exemple, est facultative. On peut, si on ne veut pas trop développer son sujet, passer de suite à la 5.me partie dont il va être parlé.

(2) On a vu (page 94) que le repos qui précède l'entrée de la stretta pouvait être fait aussi sur un accord différent, pourvu toutefois qu'il contribuât à rendre l'entrée de la stretta plus intéressante.

4.me PARTIE DE LA FUGUE La stetta entre après le point-d'orgue qui suit le repos sur la dominante (P.) Cependant, si la stretta se commence par la tonique plutôt que par la dominante, on peut ne pas faire de point-d'orgue, et continuer l'épisode à une partie seulement, lorsque la fugue n'est qu'à deux voix. La stretta, dans une fugue à un si petit nombre de parties, est toujours suivie immédiatement de la conclusion. On renverse la stretta (Q) et on la reproduit plus serrée encore, (R) ainsi que cela a été déjà exposé longuement page 96; et un court épisode sert de conclusion (S) avant la cadence parfaite finale (T).

Le plan général et la conduite d'une fugue à 2 voix en mode mineur, étant absolument les mêmes que celles en mode majeur, sauf les modulations relatives dont nous avons fait remarquer précédemment la différence de succession de modes, nous allons donner en exemple, une fugue mineure se continuant sans interruption, mais enrichie de notes explicatives mêlées en texte musical.

EXEMPLE *d'une fugue à deux voix en* MI *mineur.*

(1) Cette parcelle du sujet est notée une octave plus bas afin de ne pas faire monter la basse au dessus du soprano.

Disons, par anticipation, que les fugues à plus de deux parties sont conduites de même que ces dernières; elles n'en d'iffèrent que par la disposition des *entrées*, des *contre sujets*, des *strette* et l'adjonction de la pédale qui donne beaucoup plus d'effet à la conclusion qu'un simple épisode. Deplus, le grand nombre de parties permet de jeter un intérêt rempli de variété. Dans les sections suivantes nous allons donner les règles particulières à ces différentes espèces de fugues, accompagnés d'exemples.

§ II.

DE LA FUGUE A TROIS PARTIES.

On peut faire une fugue à trois parties avec deux contre-sujets dès le début; mais cette apparente richesse de contre-points nuisant à l'effet de l'entrée de la réponse, il vaut mieux traiter la fugue qui nous occupe, avec un seul contre-sújet entendu simultanement avec le sujet.

Voici dans quel ordre se font les *entrées* lors de l'exposition.

Une partie propose le sujet, si la fugue n'est qu'a un contre-sujet, une autre partie l'exécute simultanement, et, sur la dernière note du sujet la troisième partie non encore entendue, propose la réponse, à moins qu'il n'y ait une *coda;* alors, cette même troisième partie n'éntre qu'après elle. Pendant ce temps la partie qui a débuté par le sujet principal, fait le contre-sujet, déja entendu à une autre partie mais en le transposant dans le ton de la réponse, et la voix ou partie qui proposait le contre-sujet primitif, remplit l'harmonie par un contre-point renversable ou non, cela étant indifférent.[1] Après que la réponse à été entendue on fait un épisode, et la partie qui n'a ni proposé ni répondu fait à son tour, le sujet principal. Pour que l'exposition soit achevée il faut que chacune des trois parties fasse entendre à son tour, et le sujet et la réponse. Ces différentes entrées doivent être intercalées d'épisodes assez courts; mais le dernier de tous, celui qui précède, la dernière repercussion de la réponse du motif ou de ce dernier une seconde fois entendu et parachevant ainsi la *contre-exposition*, aura une longueur beaucoup plus grande que tous les autres.

Si le sujet ne se prête que difficilement à être modulé dans un mode différent, on pourra, ainsi que cela a été dit précédemment pages 92 et 93 n'en prendre que la *tête*, ou bien repondre dans un autre ton que celui attendu naturellement.

La stretta se fait dans l'ordre le plus naturel, et chacune des trois parties fait à son tour entendre successivement le sujet, la réponse et le sujet. Si la stretta entre mieux par la réponse une disposition inverse à la précédente a lieu. La stretta se renverse; puis, vient la pédale sur laquelle, comme cela a été déja dit, on est libre de répéter soit tout simplement le sujet son contre-sujet et la réponse avec son contre-sujet transposé; soit une imitation harmonique de l'un des sujets, le principal doit être choisi de préférence; puis après la pédale, on peut faire la strette plus serrée ou un canon avec la tête du sujet si, sur la pédale on avait placé la strette en diminution. Enfin, on conclue la fugue par un épisode procédant du sujet ou du contre-sujet. Cet épisode se termine par la cadense parfaite finale.

Ajoutons que, dans la fugue à trois parties et plus, on peut reproduire le sujet par augmentation ou diminution en valeursde notes, ainsi que la réponse et les contre-sujets, et que, comme cela a été déja dit, la pédale peut se faire sur la tonique principale mais seulement à la conclusion de la fugue: c'est à dire vers sa fin. Cependant, l'augmentation et la diminution du sujet produit plus d'effet à quatre cinq six sept ou huit parties qu'a trois, parceque, le nombre des parties libres que l'on peut ajouter étant plus

[1] On donne aussi à la voix qui fait ce contre-point de remplissage le nom de partie libre.

grand, il est permis de racheter par la richesse du dessin, ce qu'il y aurait de froid à augmenter, ou de précipité à diminuer le motif principal.

Exemple d'une fugue à trois voix et à deux sujets en mode majeur avec les notes explicatives des différentes parties qui concourent à former cette composition.

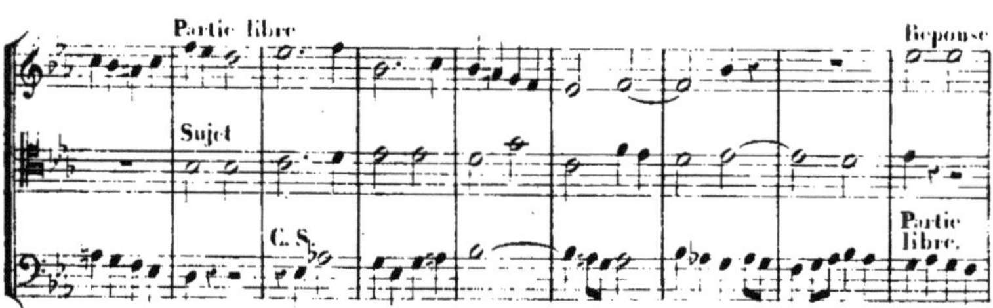

Sujet.
Contre-
exposition

C.S.
Partie libre.
Partie libre.
Réponse.
C.S.

Episode modulant au ton mineur relatif.
fin de l'exposition

Partie libre.
Sujet au mineur relatif.
C.S.

Réponse.
C.S.
Partie libre.

(1) Remarquez que le sujet *modulé* peut, seulement, avoir deux entrées: celle du sujet et de la réponse.

(2) Après une modulation formulée par deux entrées, on peut en faire une troisième, mais dans un nouveau ton, précédé d'un petit épisode préparant la modulation.

R.
Stretto
S.
S.
C.S.
C.S.
C.S.
Renversement
R.
R.
S.
S.
R.
de la stretta
Pédale.
Sujet.

EXEMPLE *d'une autre fugue à trois voix et à deux sujets en mode mineur, sans contre exposition.*

All.^{tto} moderato.

(1) Il y a, ici, entre le contr'alto et la basse un croisement de parties permis aussi bien en style sévère qu'en style libre.

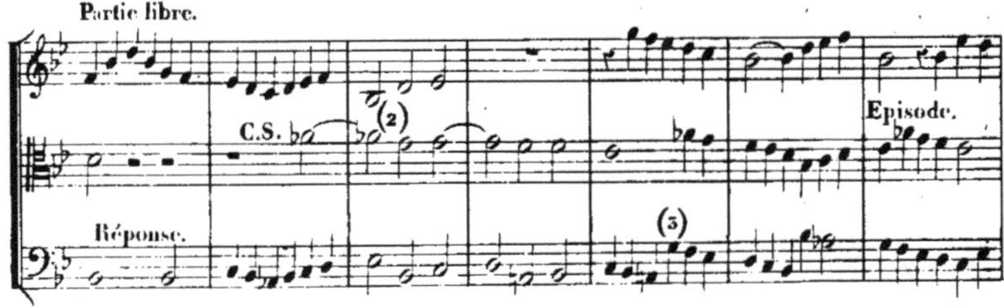

(1) La fin de la réponse est haussée d'un octave à la basse, afin de ne pas faire descendre cette voix, au dessous de son diapason naturel.

(2) Ici, le contre-sujet, à cause de la modulation majeure ne peut être transposé chromatiquement, parceque cette disposition ferait moduler hors de la tonalité générale.

(3) Afin de ne pas dépasser le diapason de la voix de basse, on a dû transposer à l'octave supérieure cette partie de la réponse.

(1) A trois, quatre et plus de parties, on peut accompagner la Stretta par une partie libre ou un fragment du contre-sujet.

(1) La cadence plagale suivie, dans le mode mineur, de la tonique avec tierce majeure, est d'un effet très solennel.

§ III.

DE LA FUGUE A QUATRE, CINQ, SIX.
SEPT ET HUIT PARTIES.

Quoique le titre de cette section annonce que nous traiterons de la fugue à quatre et à beaucoup plus de parties, ce ne sera que sur la première, celle à quatre parties, que nous arrêterons longtemps nos lecteurs; parcequ'elle est la clef de toutes les autres, et la seule pratiquée aujourd'hui que l'orchestre, avec ses nombreuses voix factices, remplace les chœurs vocaux si renommés du temps de Palestrina, Allegri, Carissimi et Moralès.

A l'époque ou le contre-point et la fugue jouaient sans partage, un rôle qu'ils ne remplissent plus maintenant, que d'une manière détournée dans la pratique, les maîtres, au lieu de s'inspirer seulement des procédés de ces deux puissants agents pour conduire leurs compositions, écrivaient toute espèce de musique soit sacrée soit profane en l'affublant de la forme purement scolastique du contre-point ou de la fugue sévère, ce qui fesait plutôt une science aride de l'art musical, qu'une autre sœur de la poesie dont le but est de charmer les oreilles pour parler ensuite au cœur.

De nos jours, la composition idéale occupe le premier rang dans la pratique, et les moyens d'appuis que lui offrent la science, doivent être soigneusement dissimulés sous les fleurs de l'inspiration, sans quoi, l'artiste qui ne sait pas faire oublier qu'il est savant est assuré d'avoir bientôt un brevet de pédantisme aussi fatal à sa popularité qu'à celle de l'art sérieux, dont il comprômet ainsi par son manque de tact, la légitime supériorité sur l'art léger, le seul encore compris du plus grand nombre.

C'est donc dans la pratique facile de la fugue à quatre parties que le compositeur puisera les élémens nécessaires pour parvenir à écrire des quatuors, des symphonies et de ces grands morceaux d'ensemble qui excitent l'admiration de tous, lorsque c'est un Mozart, un Le Sueur, un Berton, un Meyerbeer ou un Rossini qui les ont signés!

Cette fugue, par la plénitude de son harmonie, peut se passer mieux que tout autre d'un accompagnement étranger; et, si elle suit, quant à sa conduite générale, les mêmes règles que celles assignées aux fugues à deux et trois parties, elle peut s'enrichir de deux contre-sujets, d'imitations ou de canons doubles; et sa pédale plus riche d'harmonie, est susceptible de produire un très bel effet.

L'artifice de l'augmentation du motif trouve plus naturellement sa place dans une fugue à quatre parties que dans une autre d'une harmonie plus restreinte. Lorsque le sujet s'y prête on peut le traiter par mouvement contraire ce qui donne beaucoup de **piquant** a la modulation relative; et, la stretta avec ses quatre **entrées** successives, leur renversement et même leur continuation sur la pédale, lie fort bien ce dernier artifice avec la *conclusion* qui, dans l'espèce de fugue dont nous allons donner la **marche** et des exemples notés, est suceptible de beaucoup d'éclat et de chaleur.

Voici quelle est la conduite d'une fugue à quatre parties.

L'EXPOSITION se formule en fesant entrer successivement et sans interruption, le sujet la réponse, le sujet la réponse. On est libre pourtant de séparer la troisième entrée de la seconde par un épisode peu long. Si le sujet peut être accompagné de deux autres sujets, on les fait entrer successivement des le début de la fugue; mais en ayant soin, non seulement de leur donner une forme mélodique dissemblable mais aussi de ne les produire que l'un après l'autre: deplus, la partie à laquelle la réponse est affectée ne doit pas proposer dès le début, un contre-sujet.

Dans le courant de la fugue et même de l'entrée dèsla réponse, une des quatre parties complète l'harmonie en fesant un contre-point simple signalé déja sous le nom de *partie libre.* Lorsque la fugue n'est qu'à un seul contre-sujet, on peut faire deux parties libres, s'imitant autant que possible.

LA **CONTRE EXPOSITION** se fait après un long épisode qui doit suivre la 2.de entrée de la réponse; alors, la voix qui avait proposé le sujet propose la réponse, et celle qui avait fait primitivement cette dernière, répercute le sujet. On peut procéder dans le sens inverse si l'épisode y arrive naturellement; mais, lorsque la fugue ne doit pas être très longue il est inutile de faire la contre-exposition.

Beaucoup de sujets de fugue ne présentent qu'un seul contre-sujet. Dans ce cas on ne doit pas s'évertuer à en chercher un second.

Cependant, les élèves admis au concours de fugue font toujours leur possible pour écrire deux contre-sujets sur le sujet donné par le jury. Parceque, une fugue traitée de la sorte, outre qu'elle présente plus de motifs d'épisodes, est aussi bien plus vite écrite. Et l'on sait que dans un concours de ce genre, les élèves n'ont qu'une journée franche pour composer et mettre au net.

Il est presque inutile de rappeler que les entrées des sujet, contre-sujets, réponse, motifs d'imitations, canons, etc. doivent toujours se faire autant que possible à l'octave plutôt qu'a l'unisson; parceque cet intervalle n'offre aucun effet, et fait confondre deux voix en ôtant de la force au début d'une entrée quelconque. De plus, on sait que les sujets et les contre-sujets primitifs doivent être reproduits (mais transposés) alors que le sujet se fait entendre dans un ton relatif.

EXEMPLE *d'une fugue en majeur à quatre parties et à deux contre-sujets* (1)

(1) Le sujet de cette fugue est celui donné au concours de 1830 au Conservatoire de musique. Le premier prix fut décerné par le jury à l'auteur de ce traité.
(2) Il est de Mr Cherubini.

2d C.S.
1er C.S.
Partie libre.
Réponse.
2d C.S.

Episode.

Sujet.
2d C.S.
1er C.S.

2d C.S.
1er C.S.
Partie libre.
Réponse.
Episode.

2ᵉ C.S. 121
1ᵉʳ C.S.
Sujet au mineur relatif.

1ᵉʳ C.S.
Réponse.
Partie libre
2ᵈ C.S.

Sujet au 4ᵉ degré
Episode.
1ᵉʳ C.S.

Partie libre.
2ᵉ C.S.
2ᵉ C.S.
Réponse.
2ᵉ C.S.

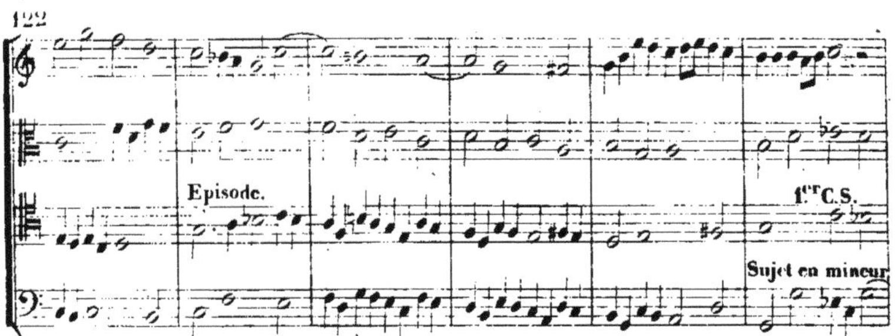

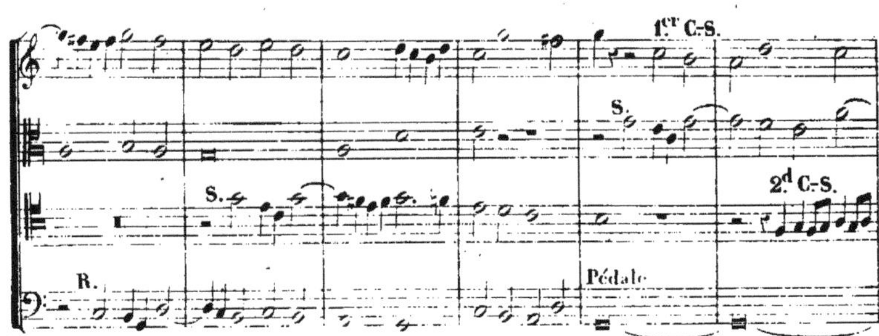

(¹) C'est à dire portant le même nom de tonique, mais différent par la qualité mineure de sa tierce.

Autre fugue à quatre voix et à deux contre-sujets, en sol mineur, n'ayant pas de contre-exposition, c'est-à-dire, n'ayant que quatre entrées, au lieu de six.

2d C-S.
1er C-S.
Épisode

1er C-S.
Sujet au 6e dégré.
Partie libre
Réponse
2d C-S.
Partie libre.

2d C-S.
Épisode
1er C-S.

Sujet au 4e dégré.
1er C.S.
1er C.S.
Réponse
2d C.S.
2d C.S.
Partie libre

L.

Episode
Sujet
Stretta.
Réponse
S.
R.
Renversement
R.
R.
S.
de la stretta
S.
1er C-S.
2d C-S.
S.
Pédale

Les fugues à cinq, six, sept et huit voix fort peu usitées même à l'Église,(parcequ'il n'est pas d'usage, en France dumoins, de n'employer que le chœur vocal à l'exclusion de toute espèce d'accompagnement d'instruments ou d'orgue,)se règlent, quant à la disposition générale, sur celles à trois et à quatre parties. Observons, toutefois, que dans une fugue à plus de quatre voix,on ne doit faire qu'un contresujet, afin de ne pas augmenter la difficulté de créer, même une seule partie libre ou d'accompagnement sur un grand nombre de contre-points renversables;nécessité qu'imposerait une fugue à ce nombre de parties, étant trop surchargée de contre-sujets. Toute fugue à plus de quatre parties, doit comme celle à quatre, n'avoir que six entrées:quatre pour l'exposition,et deux pour la contre-exposition.

Si on traite ce genre de composition, on peut diviser les voix ou parties en deux chœurs se fesant écho, et ne se réunissant que par intervalles et surtout lors de la péroraison. Ordinairement cette espèce de fugue est pourtant traitée à huit parties réelles et les œuvres de Sarti, Chérubini entre autres grands maitres, offrent d'admirables exemples de fugues à huit traitées de cette manière. (Lire la seconde partie du traitée de contre-point et fugue de M⁻. Fétis et consulter un semblable ouvrage de M⁻. Cherubini)

Qu'il nous suffise de signaler à l'attention de nos lecteurs ces chefs-d'œuvre de science, où la difficulté est vaincue avec tant de bonheur et de génie, qu'on se surprend, en les lisant, à douter que leur réalisation soit le comble du difficile autant qu'elle est l'apogée de l'art du contrapuntiste.

Un professeur du Conservatoire, Mr. Bienaimé a même écrit une fugue à seize voix réelles. Ce travail, véritable chef d'œuvre de son auteur, est digne de fixer l'attention des élèves et des amateurs de la science. On pourra s'en procurer la lecture à la bibliothèque de notre première école de musique. Mais, nous le répèterons encore une fois en terminant cette section, l'étude de la fugue, lorsqu'on ne veut se servir de ses innombrables ressources que dans la pratique de l'art scenique ou sacré, ne doit plus être continuée alors qu'on sait écrire et conduire avec élégance et une grande pureté harmonique une composition de ce genre à quatre parties. C'est ce motif qui nous à déterminé à ne pas donner d'exemples de fugues à cinq, six, sept et huit parties.

§ IV.

DE LA FUGUE INSTRUMENTALE SEULEMENT;
ET DE LA FUGUE VOCALE,
AVEC PAROLES ET INSTRUMENTS RÉUNIS.

La fugue instrumentale présente beaucoup plus de ressources au compositeur que celle destinée absolument aux voix, parceque l'étendue de certains instrumens, la variété de leurs timbres et le caractère particulier a chacun d'eux leur permet de franchir de plus grandes distances, de produire des effets sonores plus extraordinaires et enfin de donner à une composition une couleur plus contrastée qu'il n'est permis aux voix de le faire. Pour la majorité des instrumens, il n'y à plus d'intonations difficiles; et cette merveilleuse disposition qui permet de tout oser, rend les règles de la fugue beaucoup moins sévères quand on la destine aux instrumens plutôt qu'aux voix, d'une étendue plus circonscrite.

On doit donc plutôt suivre la forme de la fugue vocale qu'en imiter le fond, lorsqu'on destine ce genre de composition aux instrumens; et même, il est permis, d'après les exemples nombreux que

Haydn, Mozart et Beethoven nous ont laissés, de vivifier une fugue de ce genre en y introduisant de sveltes ou expressives mélodies.

La fugue instrumentale peut être traitée soit à deux, trois, quatre, cinq et plus de parties. Dans tous les cas, elle est formée d'un sujet, de son contre-sujet, d'une réponse et de tous les développements que comporte la fugue vocale; seulement, on ne doit pas lui donner un style trop grave; et les sujets qu'on veut traiter, peuvent même avoir une légèreté inconnue à la fugue purement vocale.

Souvent, une fugue destinée aux voix est accompagnée par l'orchestre; d'autrefois, mais ce cas est rare, la masse vocale propose et développe un sujet, tandis que la masse instrumentale en propose et en traite un autre tout dissemblable et n'ayant que des rapports essentiels de tonalité avec le premier, destiné aux voix. Dans le premier cas, l'orchestre double les voix en brodant la mélodie vocale; mais dans le second, il faut donner une physionomie si tranchée à la partie instrumentale que peu de grands maitres ont tenté de résoudre ce problème difficile de deux fugues différentes marchant ensemble. M.\ Cherubini, dans l'allegro final du *Gloria* de sa première et magnifique messe en Fa majeur, a laissé un modèle de ce genre que nous ne saurions trop recommander à l'attention de nos lecteurs.

Ajoutons à propos d'une fugue vocale, que le compositeur doit en l'écrivant, professer le plus profond respect pour les règles de la prosodie, et tacher de faire en sorte qu'il n'y ait pas de choix souvent bizarres quand il ne sont pas ridicules entre les syllabes de certaines paroles du texte poetique.

Nous répèterons, à cette occasion, ce que Reicha disait sans cesse à ses élèves à ce sujet. Ce savant didacticien leur conseillait d'écrire d'abord la fugue vocale et de faire parodier les vers sous les notes, en donnant à la poésie le sens reclamé par la nature de la mélodie elle même, et du sujet général qu'ils s'étaient proposé de peindre avec des sons.

Ajoutons, à propos de la fugue instrumentale, que par la facilité qu'elle possède d'exécuter tout les intervalles possibles, on doit, en la traitant, employer tous les accords du système harmonique moderne; et conseillons à nos lecteurs pianistes, de lire, d'étudier et d'exécuter sans cesse les belles fugues d'orgue dont Sebastien Bach à doté le monde musical.

§ V
DE LA FUGUE VOCALE DESTINÉE À L'ÉGLISE.

Il y a trois manières de traiter ce genre de composition:

1º. En créant soi-même le sujet, distribué aux voix seules, ou bien en les accompagnant par l'orgue ou par l'orchestre.

2º. En prenant le sujet dans une phrase de plain chant. Ex. 1.

3º. En créant une fugue instrumentale à grand ou petit orchestre, sur un fragment de plain-chant chanté à l'unisson par toutes les voix ou une seule espèce de voix du chœur. Ex. 2.

Nº 1 Exemple d'une fugue vocale dont le sujet est tiré du plain-chant.

Nº 2 Exemple d'une fugue instrumentale créée sur une phrase de plain-chant chantée à l'unisson par les voix du chœur et pouvant se supprimer sans nuire absolument à l'effet de la fugue elle-même.

Dans une semblable disposition, il faut toujours, lorsque le sujet ou la réponse se fait entendre, reprendre la phrase primitive du plain-chant, ce qui devient très monotone; afin d'obvier à ce défaut on fait exécuter chaque espèce de voix seule d'abord mais quintuplée ou sextuplée en commençant par la plus élevée (le soprano) enfin que ce soit les basses qui terminent la quatrième entrée du plain-chant: puis, sur les épisodes on fait compter des pauses aux voix, et on les reprend toutes à l'unisson, lorsque le motif de la fugue instrumentale reparait.

Dans ce cas, ce plain-chant se transpose dans le ton nouveau. Cette espèce de fugue n'a pas ordinairement de Strette, à moins qu'on ne veuille la faire sans produire le plain-chant.

Voici l'exemple d'une autre disposition de fugue analogue à la précédente, mais qui en diffère en ce que le plain-chant continue toujours sa marche, et que les épisodes, sont combinés de façon à s'harmonier avec telle partie du plain-chant que ce soit. On n'est pas obligé de faire marcher sans cesse le plain-chant, et ce n'est que par portion que l'on doit faire entendre sa totalité chantée toujours à l'unisson par toutes les voix.

Le traité de Reicha contient des fugues remarquables de ce genre dues à la plume exercée de M.M. Scuriot et Jelensperger.

1.er V.
2.d V.
Al.
P. C.
Bas.
2d. C.S.
Sujet.
Voix du Choeur à l'unisson.
1.er C.S.

Partie libre.
1.er C.S
Réponse.
Suite du plain-chant.
2.d C.S.

2.d C.S.
1.er C.S.
Suite du plain chant.
Sujet.

§ VI

DE LA FUGUE DE FANTAISIE

Du genre fugué et de son emploi dans les compositions reli-gieuses dramatiques et instrumentales

On donne le nom de *fugue de fantaisie* à toute espèce de compositions appartenant au genre qui nous occupe dans toute la seconde partie de ce traité, mais qui, pour des dispositions particulières que nous allons faire connaître ne remplit pas rigoureusement les conditions organiques et de détails imposés à la fugue scolaire.

Les *fugues d'imitations* qui se formulent en imitant intervalles pour intervalles le sujet, quoique pourtant la réponse eût exigé une ou deux mutations pour être régulière, sont une variété des fugues de fantaisie. [1]

On doit ranger dans la même catégorie.

1° Une fugue à *sujet contraint* C'est-à-dire dans laquelle on s'astreint à reproduire sans cesse la même phrase, soit le sujet ou la réponse.

2° Celle, dont le contre-sujet, au lieu d'être combiné en contre-point double à l'octave comme c'est l'usage, offre un contre-sujet à la 10° ou à la 12°.

3° La fugue à *quatre octaves* disposée en quatre masses distinctes ainsi qu'il suit: on écrit d'abord une fugue à quatre parties ayant deux contre-sujets, puis on la développe, on fait sa strette sa pédale et sa conclusion. Après avoir tracé ce travail préparatoire on divise sa fugue en quatre parties bien distinctes. La masse des instruments à vent tels que flûtes, hautbois, clarinettes et bassons fait le sujet; celle des violons et altos le premier des deux contre-sujets, les voix réunies toutes également en unisson, proposent le second contre-sujet, et les violoncelles contre-basses et trombones font la réponse, Le savant Reicha est l'inventeur de ce nouveau genre de fugue qui, employé avec à propos dans une grande composition dramatique ou religieuse semble devoir produire un effet surprenant

---

[1] Lorsque l'on est obligé de *fuguer* par exemple, un motif d'air connu, on ne peut guère le traiter qu'en fugue d'imitations. C'est ainsi que Grétry a procédé dans les prétendues fugues qu'il donne au 2° volume de ses *Essais sur la musique*

L'espace nous manque pour citer des exemples notés et développés des différentes espèces de fugues de fantaisie dont nous venons de poser la nomenclature.

Ceux de nos lecteurs qui désireront avoir plus de renseignements sur cette matière intéressante pourront consulter avec fruit la 2.e partie du Traité de fugue du célèbre artiste Bavarois; ils y remarqueront surtout avec admiration sa belle fugue à quatre octaves véritable chef-d'œuvre d'invention et de style qui fait le plus grand honneur au génie scientifique de Reicha.

Le *genre fugué*, le seul dont l'emploi soit le plus ordinairement usité dans la composition idéale, a tous les avantages logiques de la fugue scolaire sans avoir aucun de ses inconvenients tels que la raideur de style, et la monotonie d'effets manquant souvent de cet imprévu qui fait le plus grand charme de la musique. Par lui enfin, on peut faire un heureux mélange de la forme sévère de la fugue et des effets poëtiques de la mélodie traitée avec toute la liberté du genie et de l'inspiration musicale.

A l'Église, et surtout de notre temps, une fugue rigoureusement écrite dit fort peu de chose à l'esprit des auditeurs, et parconséquent, ne parle à leur cœur que bien faiblement; c'est donc par l'emploi du genre fugué, qu'il est encore permis de conserver à l'art musical religieux une partie de ce prestige qui l'entourait à la fin du 16.e siècle. Mais, si la science purement mathematique est si peu goûtée dans le sanctuaire, elle paraitra exécrable à la scène ou le public avide de jouissance vives et pathétiques exige que la mélodie ait un caractère tout sensuel, et par conséquent fort éloigné du caractère monacal de la fugue si en honneur autrefois. Mais pourtant, certaines situations du drame lyrique tolèrent l'emploi de la fugue d'un mouvement vif; qui, soit dit en passant, est toujours fort déplacé à l'Église.

Les partitions d'*Aline* du *Revenant* et du *Postillon* de *Longjumeau* offrent des passages fugués d'un effet excellent, et qui rendent les différentes situations de ces opéras extrêmement comique.

En général, la fugue posée, solennelle n'est bien placée qu'à l'Église; tandis que celle d'un mouvement précipité, d'un caractère léger et sautillant convient mieux au théâtre lorsque son emploi est justifié par la situation du drame lyrique.

Le genre fugué a été souvent traité avec beaucoup d'effet par nos grands maîtres de chapelle; et nous citerons particulièrement le début de la seconde Messe des morts de M. Cherubini, et celui de la *Messe* de *Noel* de Le Sueur qui quoique tous deux d'un genre absolument différent sont des modèles de science de goût et d'expression.

Voici le début du Requiem de M. Cherubini. Sa lecture ne pourra que donner le désir de connaître dans toute sa totalité, le dernier ouvrage d'un illustre septuagénaire qui, comme Haendel Rameau Gluck, a conservé, grâce à la science musicale dont il est le prince, une vigueur et un sentiment d'expression vraie que beaucoup de jeunes et vigoureux compositeurs n'ont pas toujours en leur partage.

INTROÏT. **Un peu lent** ($\bullet$=72)   Cherubini 2.de messe des morts à voix d'hommes, à la 18.e mesure du N.° 1.

Le *Kyrie* de la messe de noël, du tant regretté Le Sueur, notre maître bien aimé, est également empreint d'une douce et sainte mélancolie; mais l'expression generale du morceau est moins terne que celle du Requiem de M. Cherubini, et cela devait être. Si, dans la messe des morts il y a une douleur résignée, dans celle de *Noel* la prière doit respirer une sainte allégresse, ce qui n'exclue pas la gravité religieuse; mais donne, au contraire plus de suavité à la mélodie inspirée par le texte catholique.

Le Sueur Messe de Noël

à la 15.me mesure du N.°1.

(♩=104)

Les deux débuts précédents offrent à leur réponse une irrégularité qui nécessite surtout pour le second, l'adjonction d'une basse d'accompagnement sans le secours de laquelle la basse ferait une 4te sous le tenor.

Enfin l'une et l'autre de ces deux belles introductions appartiennent essentiellement au genre fugué qui, comme on l'a dit plus haut s'inspire de la fugue, mais sans se soumettre à toutes ses règles.

Dans les compositions où la fugue sévère peut être employée sans inconvénient, on rencontre souvent des espèces de résumés de cette espèce elle-même, qui sont formés seulement de l'exposition pure et simple du sujet, d'un court développement et de la strette sur la pédale.

Ces embrions de fugues se placent ordinairement à la fin d'un chœur

Pergolèse, dans son admirable Stabat a ainsi terminé la dernière strophe par un résumé de fugue à deux parties d'un excellent et très chaleureux effet.

La musique instrumentale se contraste quelquefois fort heureusement par l'emploi du genre fugué. Haydn, Mozart et Beethoven qu'on ne saurait trop citer aux élèves, en offrent de frequents exemples dans leurs œuvres immortelles. Citons sommairement les chœurs d'anges de la Création du premier de ces grands maîtres; le début de l'allegro d'*Il Flauto magico* du second et enfin, le milieu de l'inimitable *Andante* de la *Symphonie* en *La mineur* du troisième. En parant d'une manière ostensible leurs œuvres du vêtement fugué tous ces grands maîtres ne semblent-ils pas avoir rendu un éternel temoignage de leur reconnaissance envers une science à laquelle ils devaient d'avoir fécondé les heureuses dispositions qu'ils avaient recues de la nature, si prodigue d'ailleurs envers eux?

Nous ne prétendons pas avancer ici que la science suffit seule à l'artiste pour rendre son nom impérissable, mais nous croyons fortement que, privé de son appui un homme d'imagination ne pourra jamais assurer à ses œuvres la sanction de l'impartiale postérité. Grétry, disait à ce sujet, que la science sans le genie n'était rien; que le genie sans la science était peu de chose; mais que la réunion de la science et du génie distinguait seule les artistes complets.

Autant il serait dangereux de repousser toute espèce d'étude sérieuse des procédés de l'art musical, autant il peut devenir pernicieux de s'y livrer entièrement pendant un long espace de temps surtout.

Que nos lecteurs se rappellent que la fugue cette autre rhétorique de notre art, n'est qu'un moyen multiple pour parvenir à donner aux idées musicales cette lucidité, cet ordre et pourtant cette variété sans lesquels il n'y a pas de bonne production musicale possible; et que son but final est de faire régner dans toute composition idéale une belle et sublime unité: fil mystérieux avec lequel tous les grands compositeurs ont su conduire leurs idées tour à tour expressives ou légères, graves ou passionnées.

C'est pénétré de ce grand principe que nous allons conclure ce traité par une section consacrée entièrement à l'unité musicale considérée sous les différents aspects. Puisse la lecture de cette dernière section jointe à celles qu'ils ont consacrées à étudier les autres parties de ce Traité, contribuer à guider nos lecteurs dans le sentier de la vérité et de la perfection, et nos vœux les plus chers seront comblés!

VII *et dernier*

DE L'UNITÉ MUSICALE (¹)

De même que dans un discours, une tragédie, une comédie, enfin dans toute espèce de production de l'esprit, il faut que l'auteur lie les différentes parties de son sujet, afin de le rendre compréhensible en lui donnant un ensemble logique et homogène, de même il faut que le compositeur coordonne les phrases et les périodes de son sujet musical pour que l'auditeur goûte un vrai plaisir à l'entendre en y apportant un intérêt proportionné à la valeur réelle de la production: intérêt puissant si la pièce de musique est d'un caractère grandiose et véhément, intérêt moindre, si elle est revêtue d'un caractère plus léger.

____

(¹) Cette idée (l'unité) dit Grétry, dans ses Essais sur la musique, m'occupait tellement dans le temps de ma jeunesse, que j'avais pris pour emblème de l'unité une boule que je posais sur ma table ou sur mon clavier quand je composais; et dès que mes idées se compliquaient et m'éloignaient de mon objet principal, ma boule était devant mes yeux, je me disais: peut-être ce qu'... ne sera pas rond comme cette boule.' Grétry, Essais sur la musique T. 2. page 120.

C'est donc au plus ou moins d'unité qui règne dans une composition que l'on doit attribuer le plus ou moins d'effet qu'elle produit sur ceux qui l'écoutent; et ce serait une erreur que de supposer qu'une composition si légère qu'elle soit, une romance par exemple, puisse se passer d'avoir de l'unité.

L'art musical, qu'il soit traité sur une grande ou une petite échelle, ne peut se soustraire à l'inflexible besoin d'unité, qui fait d'ailleurs son plus grand charme; du moins, c'est ainsi que tous les grands compositeurs l'ont envisagé en en donnant des preuves constantes dans tous les beaux ouvrages dont ils ont enrichi le monde musical ancien et nouveau. Ouvrez la partition de *Don Giovanni* de Mozart, ou celle d'une symphonie de Haydn ou de Beethoven; consultez les productions non moins mélodieuses quoique moins grandioses de Gretry, et bien! dans le petit duo entre *Zerlina* et *Don Giovanni* dans le magnifique final du 2.ᵈ acte du même opéra, dans un *Minuetto* de Haydn, dans un *Adagio* de Beethoven, ou enfin dans l'air le plus léger de *Richard* ou du *Tableau parlant* de Gretry, vous verrez que l'unité a présidé à la création de ces morceaux d'un style et d'un caractère si opposés, et que c'est à elle seule qu'ils doivent en partie d'être cités encore de nos jours, comme des modèles de pensée de règle et de conduite!

L'unité est toujours complexe dans un morceau qui n'est pas purement mélodique, ou écrit pour une voix ou un instrument entendu absolument en *solo*. Ainsi dans une composition vocale accompagnée soit de l'orchestre tout entier, d'un quatuor d'instruments à cordes, ou d'une simple partie de piano, le compositeur devra donner d'abord à la mélodie le caractère général et les inflexions particulières exigées par le sens des paroles: voilà pour *l'unité mélodique*; ensuite, il établira une correlation entre les différentes modulations exprimées par les accords particuliers à chaque période de la mélodie qu'ils accompagnent, en donnant à ces mêmes accords l'enchaînement naturel qu'ils ont dans la gamme du mode et du ton affectés à la pièce entière: voilà pour *l'unité harmonique*; puis, le compositeur prendra encore le soin de donner une forme arrêtée aux dessins de ses accompagnements en évitant de trop les accumuler les uns sur les autres afin de ne pas produire de la confusion, parceque la simplicité est toujours très riche alors qu'elle n'est ni triviale ni affectée. Cette dernière unité sera *l'unité rhythmique.*

Cette unité, quoique secondaire en apparence, est celle qui avec l'unité mélodique, a le plus de puissance sur les masses, parceque, reproduisant sans cesse les mêmes formes, quoique par les innombrables ressources de l'harmonie le compositeur sache leur donner une physionomie toujours nouvelle en quelque sorte, elle est plus facile à être suivie par les personnes peu versées dans les combinaisons de la science.

Parmi les morceaux de musique profane ou sacrée, qui offrent de beaux modèles sous le rapport de l'unité complexe, nous citerons le final du *Roi Théodore* de Paësiello et l'hymne *urbs beata* de l'oratorio du Sacre de Le Sueur, qui sont deux chefs-d'œuvres admirables sous ce point de vue. Les musiciens superficiels qui n'étudient qu'en courant les productions des maîtres de notre époque dédaignent, malheureusement, dans l'intérêt de leur art et de nos plaisirs, de jeter les yeux sur les partitions des compositeurs des époques précédentes; pour eux, la forme est tout, et le fond n'est rien; tandis que s'ils possédaient la philosophie du bel art qu'ils professent, ils sauraient que, sous le rapport de la logique et de l'unité, les compositeurs les plus à la mode de notre temps sont la plupart, bien loin d'égaler ces patriarches de la rhétorique musicale.

Dans les récitatifs débités, l'unité harmonique ne peut être suivie rigoureusement, parceque la mélopée n'a presque pas de forme arrêtée et qu'elle doit varier ses inflexions avec autant de vivacité que la poésie varie ses images. Ce n'est donc que dans les Airs, Duos, Trios, morceaux d'ensemble de voix ou d'instrumens séparés ou réunis, que l'unité doit être rigoureusement observée sous les rapports *mélodique harmonique* et *rhythmique.* Non que nous prétendions que le compositeur soit obligé de continuer un morceau renfermant plusieurs sentimens opposés, dans la forme qu'il a choisie dès le début! bien au contraire: car, *l'unité n'est que l'ordre dans la variété* et, si nous la recommandons avec tant d'instance, c'est pour que, par elle, le compositeur parvienne à économiser, s'il est permis de s'exprimer ainsi, ses idées, en leur donnant une homogénéité relative suivant l'ordre particulier dans lequel il les présente afin de concourir par elle à l'homogénéité générale des différentes parties qui doivent former un tout complet.

C'est donc dans l'étude et la pratique de la fugue que l'on puisera répétons le encore une dernière fois, le sentiment de l'unité musicale.

Tout dans la nature est soumis à cette loi immuable de l'unité; et les arts doivent être soumis à ses règles fécondes quoique sévères pour être compris de la multitude, tout en charmant la portion peu nombreuse des véritables connaisseurs dont les jugemens devancent toujours ceux de la postérité.

D'ailleurs, l'essence et le but de l'art musical étant de parler au cœur avant de séduire l'esprit, l'expérience prouve que les hommes sont très sensibles au plaisir que leur procure l'audition renouvelée d'une belle phrase mélodique, et que le retour fréquent d'une même mélopée, s'il est ménagé avec toutes les précautions que l'étude de la science enseigne seule, a une puissance absolue sur notre organisation. Il suffit, même sans être musicien, d'avoir suivi pendant quelque temps les théâtres lyriques ou les concerts pour comprendre la vérité de cette assertion, et pour sentir que l'unité en musique, est le réseau caché qui enserre les différentes parties d'une composition, en les rendant tellement nécessaires les unes aux autres que la suppression d'une seule d'entr' elles suffirait pour détruire le brillant édifice sonore construit par les mains du génie musical

Enfin l'unité particulière qui nous occupe est à l'oreille ce que la régularité architecturale est aux yeux: ôtez une phrase à une mélodie, ou abattez une colonne à un monument, et vos sens seront également blessés!

FIN.

TABLE DES MATIÈRES.

FIN